BRUNO SEABRA

PAULO

Coleção
GRANDES CLÁSSICOS DA LÍNGUA PORTUGUESA

VOLUME 15

★ BRASILIARIS ★

Editor-chefe:
Tomaz Adour

Capa:
Spirit

Revisão:
Equipe Vermelho Marinho

Diagramação:
Marcelo Amado

Texto revisado segundo o novo Acordo Ortográfico da Língua Portuguesa.

Dados Internacionais de Catalogação na Publicação (CIP)
Fabio Osmar de Oliveira Maciel – CRB-7 6284

S438p

Seabra, Bruno, 1837-1876
Paulo / Bruno Seabra. – 1. ed. – Rio de Janeiro : Brasiliaris, 2023.
92 p. ; 21 cm. – (Grandes clássicos da língua portuguesa ; v. 15).

ISBN 978-85-8265-267-1

1. Romance brasileiro. I. Título.

689-067-23 CDD : 869.93

Índice para catálogo sistemático:
1. Romance : Literatura brasileira 869.93

EDITORA VERMELHO MARINHO USINA DE LETRAS LTDA
Rio de Janeiro — Departamento Editorial:
Avenida Gilka Machado, 315 — bloco 2 — casa 6
Recreio dos Bandeirantes — Rio de Janeiro — RJ
CEP: 22795-570

VERMELHO MARINHO
www.editoravermelhomarinho.com.br

SUMÁRIO

APRESENTAÇÃO

O selo Brasiliaris é uma iniciativa da Editora Vermelho Marinho com a Spirit, que tem como objetivo resgatar todas as obras clássicas da literatura brasileira que estejam em domínio público. Independente do autor ou da época em que escreveu, a coleção pretende publicar todas as obras de todos os autores que estejam disponíveis para publicação ou digitalização.

É um trabalho de longo prazo, pois citando apenas alguns autores muito conhecidos, como Machado de Assis, José de Alencar e Joaquim Manuel de Macedo, descobrimos que eles têm uma obra muito extensa, incluindo romances, contos, novelas, poemas e textos teatrais, fora artigos em ensaios. E muitas dessas obras não se encontravam mais no mercado. Até agora.

Tomaz Adour, o editor da coleção, já vem fazendo este trabalho de resgate há mais de 10 anos, conseguindo trazer de volta ao mercado autores do porte de uma Júlia Lopes de Almeida, A. G. Teixeira e Souza, Paulo Setúbal, Coelho Neto, Francisca Júlia, Bruno Seabra, Carmen Dolores, Martins Pena, João do Rio, Coelho Neto, Chrysanthème, entre tantos outros que lançou na Coleção Grandes Clássicos.

Com o apoio da Spirit e sua experiência em design aliada à sua paixão pelos livros, estes e outros autores irão ganhar roupagem nova, com edições especiais com orelhas, edições especiais em capa dura, além de ebooks a preços acessíveis para todos os leitores.

Este projeto ambicioso é uma forma de levar ao público tudo de bom que foi produzido em nossa literatura, permitindo que os leitores tenham acesso não apenas às obras mais famosas dos principais autores, mas também a obras que estão fora do mercado há décadas ou mesmo séculos. Com isso, um leitor que se apaixonar por um livro de um autor poderá conhecer toda a sua obra.

É um trabalho de garimpagem. Temos mais de 10.000 obras a serem publicadas e estamos atrás de obras perdidas, esquecidas ou que possuem poucas cópias em bibliotecas ou coleções particulares. Por isso, todo apoio é bem-vindo. Cada leitor ou amante de livros que deseje sugerir ou indicar uma obra receberá os créditos e será um colaborador da coleção. Acreditamos que, desta forma, obras perdidas ou com cópias desgastadas poderão ser resgatadas, desde que haja um colecionador ou uma biblioteca que a possua. Se quiser colaborar, basta nos escrever.

Que os leitores possam descobrir cada vez mais as obras de uma das literaturas mais importantes do mundo!

À minha prima

D. MARIA AMÉLIA e a seu excelente marido

O DR. FRANCISCO MANOEL DAS CHAGAS

Estima e amizade

Caro Bruno.

Mandas-me perguntar o que penso do teu *Paulo.*

Tu bem sabes que sou um pouco severo com as nossas coisas de literatura, e tua amizade não tem poder nessas ocasiões, porque então não conheço amigos: vejo o livro, não sei do autor.

Portanto, crê-me: sou favorável ao Paulo.

O nosso bom J. mandou-me o original, acompanhando-o uma carta; nesta ele diz-me o que pensa a respeito. Na verdade, aquele coração de poeta, aquela cabeça inspirada que vergou ao peso do mundo, não estudou encômios para dispensar aos amigos.

Não sei que intenções são as tuas, mas dava-te um conselho, se vais imprimir o teu *Paulo,* põe-lhe como prólogo a carta do nosso J., que mais judicioso o não encontrarás.

Aí te envio a carta: ela é que penso de Paulo.

Adeus.

odo teu,

Insulano.

Desterro, 22 de fevereiro de 1861.

Meu caro S...

Tu foste sempre o meu companheiro infalível naqueles dias em que eu me aplaudia do desenvolvimento que tomava a literatura da nossa pátria; trabalhávamos ambos com a mocidade que nos vivificava o coração; tu, incansável, corajoso e forte: eu, obscuro e humilde nessa luta de moços, belos guerreiros do pensamento, cujas armas eram o talento e a força de ânimo, e cuja arena, o futuro do nosso belo país.

Cansamos, ou melhor, as circunstâncias nos fizeram cansar; quebrar indiferenças, abater assim o desprezo e o desânimo gerais, seria querer galvanizar cadáveres há muito sepultos: o destino nos afastou dessa torrente harmoniosa que a muitos levou de vencida, e ficamos sós com as nossas esperanças abatidas, com os nossos esforços inutilizados embora, mas com a crença e o entusiasmo no seio da alma.

Podemos, pois, nós dois conversar sobre o caminho que vão levando as letras nesta terra vilã e cheia de estorvos para o talento, assim em silêncio, no calado de nossas discussões ficaremos a coberto de qualquer malévola insinuação, assim como poderemos aplaudir-nos dos triunfos daqueles nossos antigos camaradas de estudo.

É sobre o trabalho de um deles que te vou dizer alguma coisa, sem pretensao a crítico, antes por aquele velho costume de comunicarmos mutuamente nossas ideias, nossos sentimentos, nosso espírito, em uma palavra.

Escrever-se um romance, meu amigo, não creio que seja coisa fácil, mesmo que já os tens escrito, deves ter sentido o embaraço com que se luta, já não digo na formação do enredo, no drama que mais ou menos maravilhoso pode passar pela cabeça de um moço de imaginação rica e fértil como a tua; mas principalmente na naturalidade com que se sucedem as cenas, na propriedade, na descrição dos costumes do país em que se vive, e, ainda mais, na linguagem que não deve estar fora da verossimilhança, e não deve, por exemplo, ser ataviada e pomposa na boca de um pobre campônio e ridícula e áspera na de um cortesão.

Por esses motivos e talvez ainda por outros, têm sido os romances escassos entre nós; ao passo que abundam os poetas, estamos à míngua de romancistas e, entretanto, quantas lendas curiosas e típicas não povoam as nossas velhas e esquecidas crônicas! Quantos episódios romanescos, abrigados no seio de nossas famílias, não esperam uma pena que os traduza, uma cabeça que os possa compreender!

Tu sabes disso muito bem: e Deus te dê força de vontade que espero que, por esse lado, hás de enriquecer muito a nossa tão desprezada literatura.

Um romance intitulado Paulo, que vai publicar um poeta nosso conhecido, o Bruno Seabra, e cujo original te remeto a seu pedido, sugeriu-me essas ideias, e agradou-me porque satisfez, em muito, grande parte a minha expectativa.

Não é um trabalho perfeito, isento de alguns defeitos em que podem cair ainda mesmo os mais amestrados, quanto mais um moço que começa; é uma prova, porém, já muito lisonjeira de sua fecunda imaginação, do seu estilo natural e apropriado ao assunto, e, o que é mais, de sua não vulgar originalidade, que não sou o primeiro a reconhecer, pois que antes de mim, uma das mais belas inteligências da literatura portuguesa o tinha feito.

Paulo é um conto que tu lerás como aquelas histórias fantásticas alemãs de Hoffmann ou de Burger; o coração palpita com medo do desenlace e sente-se de cada palavra, de cada ideia, resultar uma coisa sobrenatural que não pode acontecer, mas que no entretanto nos enche de terror como se ela tivesse lugar junto a nós; Paulo interessa pelo drama, pelas personagens e, ainda mais, por alguma coisa de brasileiro que se descobre nesse encanto do maravilhoso alemão.

Era em uma de nossas províncias. Havia ali um artista de coração de poeta, dedicado ao trabalho, moço ainda, e entusiasta pelo sentimento do belo. A miséria que batia à porta de sua casinha e que viria em pouco abraçá-lo e as suas pobres mãe e irmã, abriu-lhe cedo os olhos e ele seguiu com aproveitamento e gosto a profissão que fora a glória dos velhos anos de seu falecido pai.

Paulo foi pintor à custa de seu trabalho, e a sua vocação decidida acabou por fazê-lo um gênio. Muita gente estimava o artista, e muitos respeitavam aquela lealdade e franqueza de caráter e aquele desinteressado amor pela família, a qual ele sustentava com o suor abençoado de suas fadigas.

O comendador B... e sua filha eram os mais assíduos frequentadores da casa. Aquele, médico, retirado da cena política onde ingrata lhe fora a fortuna, estimava deveras o pintor como um tipo não vulgar de probidade; e sua filha, camarada de Henriqueta (irmã de Paulo), despertou na alma do moço um sentimento e o fazia esquecer os quadros, suas alegrias pelas ideias que passavam de sua cabeça para a sua palheta — o amor.

Amaram-se um ao outro. A mãe do artista, que o estimava de coração, com um sentimento rústico, mas não menos natural e ardente, indagou e soube da causa daquela tristeza em que andava seu filho. Com a consciência do mérito e da honradez de Paulo, essa pobre e boa mulher fala com a sua linguagem franca e ingênua ao comendador e a proposta é aceita. A alegria encheu aqueles pobres corações e o orvalho da felicidade parecia ter descido sobre a choupana verde daqueles amores.

O desejo de aumentar a fortuna fez resolver Paulo seguir para o Rio de Janeiro. Contava achar recompensa ao seu talento e a seus esforços nestes falsos protetores das artes, deixou sua mãe, sua noiva, sua irmã e o comendador, e, desembarcando na corte do Império, viu-se redondamente enganado e abatidas todas as suas esperanças.

Desanimado, quase sem dinheiro e prestes a voltar à sua província, o pintor teve ocasião de travar amizade com um moço chamado Eugênio, pobre, mas de boa alma, verdadeiro poeta, a quem o jogo da sociedade tinha feito descrente, e que não trocaria as riquezas do mundo pela vida de seu cão *Sócrates*. Eugênio, por meio de um romance escrito a lápis, descreve ao artista sua vida cheia de peripécias curiosas e povoada de um encanto misterioso que desperta a atenção e a simpatia de quem o lê. É um tipo original, muito conhecedor do mundo e de suas mazelas, o menos crente nas falas da sociedade do que no olhar cheio de humildade de seu pobre cão. Paulo e Eugênio foram amigos, e por consequência o primeiro, que foi tão franco em cantar sua história ao poeta, também veio a ser sabedor da posição anormal deste último. Eugênio era poeta, e quis fazer fortuna com a poesia, mas escarneceram-no, porque suas estrofes eram do coração, escritas aos sonhos formosos de uma alma de moço; pediram-lhe versos obscenos, e ele ganhou boas moedas pelos cantos prostituídos de sua harpa. Eugênio aconselhou, vendo o estado penoso de seu amigo, que também como ele atirasse ao lado suas belas imagens, visões mais puras e mais encantadas de suas noites, e que pintasse com o pincel cenas de libidinagem como ele o tinha feito com a pena. Ganhar dinheiro por esse modo era indigno dos sentimentos generosos de Paulo, e ele preferiu a miséria a tão hediondo e torpe sacrifício.

Entretanto, duas cartas, uma do comendador e outra de sua mãe, vieram trazer o desespero ao coração do artista. Emília (filha do comendador) ia se casar e seu pai rejeitava a proposta pela qual dera a sua palavra. O que se passou depois, a mágoa que arrastou o desgraçado pintor quase aos braços do suicídio, aquele delírio à meia-noite... e aquele tiro disparado sobre o retrato da amante como se a tivesse vestida diante de si com as sedas brancas do noivado, tudo isso, só se lendo, só se acompanhando uma a uma as ideias felizes do autor. Paulo seguiu viagem para sua província em companhia de Eugênio, a quem por fim, fazendo crer no amor, acabou por não fazê-lo desesperar da felicidade.

Chegando à sua terra, tornando a ver os lugares abençoados onde começou e onde adormeceu o seu amor, Paulo foi presa de um sentimento tão grande e tão profundo, que não teve uma lágrima nos olhos, nem uma palavra à flor dos lábios para exprimir a mágoa e dor. Ele ficou mudo, e nos braços de seu amigo, de sua mãe e irmã, foi levado para seu leito de morte.

Alguns dias depois, recebia o pintor uma visita; era um homem de luto e magro como sucumbido pelos sofrimentos: era o comendador. A cena que teve lugar entre Paulo e o pai de sua amante é cheia de beleza, não só pelo inesperado do episódio, como principalmente pelo seu desfecho; dela resultou a morte de Paulo e a loucura do comendador.

O epílogo com que termina o romance é tocante e cheio de poesia. Eugênio, casado com a irmã de Paulo, ao lar da família, tendo a seus pés o *Sócrates*, conta o romance deste seu fiel companheiro de destino, romance tanto mais curioso, quanto nele vem uma lição dada pelo bruto ao homem, pela máquina que se move pelo instinto ao rei da criação que se governa pela inteligência. O cão envenenado vem pedir ao suicida a vida que vai lhe ser arrancada e este, salvando o cão, aprende com ele a viver!

Agora, meu amigo, mais duas palavras; aí tens pouco mais menos o enredo de Paulo, deixo-o obscuro em alguns pontos, porque desejo que o leias para devidamente sentires o que eu senti.

Naquelas personagens toma um lugar importantíssimo, senão o primeiro, esse moço Eugênio. Não é possível deixar de seguir com interesse as fases dessa vida tão original, tão maravilhosa e escrita, entretanto, em algumas notas tomadas a lápis: pode-se dizer, até certo ponto, que Eugênio é uma criação que tomaria maior vulto se não aparecesse como ator secundário do drama.

Diversos pedaços deste romance impressionaram-me muito, falo-te com toda a franqueza; aquelas cenas do amor materno, meio agreste, mas tão ardente e puro; aquele brio do artista em repelir o conselho de seu amigo, em não querer prostituir o seu pincel; aquele delírio de Paulo no dia mesmo do casamento de sua amante; a visita, depois, do comendador; tudo isso é traçado com grande talento, e num estilo não afetado, natural, poético pelas ideias e não pela forma.

São estas as impressões que senti com a leitura de Paulo; vai ele correr mundo e sujeitar-se ao imposto literário que há de variar segundo as opiniões supremas. Deus o abençoe, que muitas vigílias custou ele e muita gratidão ao menos deve merecer dos amigos da literatura.

Adeus, lembra-te sempre

Do teu amigo de coração,

J.

Rio, 12 de fevereiro de 1861.

CAPÍTULO 1

O comendador B..., depois de ter feito um dos mais brilhantes vultos no partido político que vigorava em 18..., retirou-se da corte, onde permanecera desde o seu primeiro ano de estudo acadêmico, ao seio de sua província, da qual havia perto de 25 anos se tinha ausentado.

Filho único de um dos mais abastados proprietários, numa das mais importantes províncias do Norte do Brasil, Pernambuco, aos dez anos de idade, por falecimento de seu laborioso pai, e já órfão de mãe, herdava uma considerável fortuna.

Como então ainda fosse menor e seu pai, por ter morrido inesperadamente e não o houvesse feito, nomeou-se-lhe um tutor e em tão boa hora, que bem pudera dizer-se ressuscitava ao jovem órfão um outro pai em lugar do perdido.

O tutor, homem probo e órfão de família, não cuidava de seu pupilo como se cuida o mais das vezes de um órfão, e sim como um extremoso pai de um filho muito querido. Não poupou esmeros com a sua educação, e quando B... completava dezesseis anos, já habilitado para frequentar as aulas de estudos superiores, pôs à sua escolha o curso a que se devera dedicar. Tendo B... preferido a todos os outros o de medicina, nesse mesmo ano seguiu viagem para esta corte, a fim de, no ano seguinte, matricular-se na academia.

B... matriculou-se com efeito no ano seguinte, e desde logo começou a fazer um bonito papel entre seus companheiros. Foi de melhor a melhor, e aos 22 para 23 anos saía pronto da academia, e já gozando a lisonjeira fama de bom médico.

Seu tutor faleceu pouco tempo depois de ter tido o prazer de ver completamente educado o filho que o tinham feito adotar, e depois de lhe fazer a entrega de todos os seus bens.

CAPÍTULO 2

Três anos depois de formado, e quando já gozava de grande nomeada na carreira a que se dedicara, B... abandonou a medicina, seduzido pelos encantos ilusórios da política. Casado então com a filha de um dos mais influentes políticos daquele tempo, moço, rico e cheio de inteligência, foi-lhe fácil galgar os degraus do trono dessa deusa, que, como o Jano antigo, não tem duas caras, e sim, e pelo menos, meia dúzia.

Pouco tempo foi-lhe suficiente para tomar a posição de chefe de partido e como tal, já dissemos, fez um dos mais brilhantes vultos.

Mas a política é como certas mulheres que os libertinos conhecem — hipócrita, interesseira e ingrata.

Ai daquele que se iludiu com os ademanes e meiguices de quem oculta no seio da alma o cadinho onde se apura aquela trindade de danos! Mais cedo ou mais tarde terá de arrepender-se, por menos que seja honrado e tenha sentimentos de brio, como o era e os tinha o dr. B...

Aos 40 anos, B... estava pobre, sobrecarregado de dívidas e de desafeiçoados; tinha vivido pouco, e ainda que lhe restassem outros 40 anos de vida, fora-lhe pouco o tempo para maldizer-se e aos encantos da política, que tão sem pejo enlameia a quem não soube seduzir!

B... tinha-se deixado iludir por amor da pátria e não por amor de si, e só tarde conheceu que fazia um papel ridículo na carreira que abraçara. Papel ridículo, porque ele era o único ator desse grande drama que intitulam — *tudo pela pátria* —, o único que representava a caráter. Despertou da modorra em que tinha caído, com a embriaguez daqueles sentimentos de verdadeiro patriotismo que o caracterizavam, ao estrondo das gargalhadas que excitavam os apodos que lhe eram dirigidos por seus próprios companheiros de cena, e que, ao contrário dele, tinham entendido e — tudo pela pátria

— é uma parábola que se interpreta — *tudo para mim*. Despertou e embalde tentou fazer-se ouvir, embalde mais de uma vez repetiu a palavra — infâmia!

Abandonou a cena.

Retirou-se para a sua província, pobre, carregado de dívidas e com uma comenda ao peito, prêmio com que a pátria generosamente agradeceu-lhe a adesão e afãs de 15 anos!

O comendador B... enviuvou dois anos depois de casado, e essa loura donzelinha que ainda agora conta 13 primaveras e que o acompanha, quando todos o abandonam, é Emília, primeiro e único fruto daqueles amores e que sua mãe deixou ainda no berço quando morreu.

CAPÍTULO 3

O comendador B... apenas em conhecido de nome na sua província, não tinha parentes e nem estava em circunstâncias de ter amigos.

Desgostoso com a sociedade, foi isolar-se num dos menos frequentados arrabaldes da capital, e ali vivia ocupando uma modesta casa térrea, ele, sua filha e um doméstico.

Granjeou a clínica do bairro, e dela tirava os meios para a sua subsistência. As muitas horas vagas que lhe ficavam do dia empregava na educação de sua filha, que ali não podia ter outro mentor nem outras horas de mais doces entretenimentos.

Emília, para seu pai, era naquela solidão como um livro mágico; suas palavras faziam-lhe esquecer todas as amargas reminiscências do passado.

À noitinha, sentados, pai e filha, à porta de sua habitação, Emília repetia a seu pai as lições que lhe tinha ouvido, desenvolvia todo o seu espírito, falando de Deus, da religião, da natureza, dos astros, de tudo, enfim, que é grande e sublime. Seu pai embebia-se todo naquele talento em flor, desabrochando aos seus desvelos.

Frequentava a casa do comendador um moço com quem aquele travara conhecimento uma vez em que teve de tratá-lo de grave moléstia.

Paulo chamava-se ele, vivia na companhia de sua velha mãe e de uma galante irmã de 20 anos de idade! Quando deixava as aulas preparatórias, seu pai, que então habitava no centro da capital, resolveu fazê-lo matricular-se no primeiro ano de direito, na academia de Olinda, mas foi acometido de gravíssima enfermidade e obrigado a mudar de resolução.

O pai de Paulo, grande gênio na arte de Correggio, vivia dos trabalhos de sua profissão e era agora forçado a deixar os pincéis.

O velho pintor dispunha de poucos meios, e privado de trabalhar, teve de diminuir as suas despesas, principiando pelo aluguel da casa.

Saiu do centro da capital e foi acabar os seus dias numa pequena casa, sita no bairro em que mais tarde veio habitar o comendador B...

Apesar de enfermo, o velho pintor, lá uma vez ou outra tomava os pincéis, chamava o filho, punha-o a seu lado e iniciava-o pouco a ponto na sua arte.

— Aproveita — dizia-lhe —, aproveita, meu filho, estas lições; Deus não quis que eu com o meu trabalho te acabasse de educar; precisas, entretanto, de um meio de vida para o futuro que aí vem perto e tua mãe e irmã precisam de ti; aproveita, pois, estas lições que, no último caso, te servirão para alguma coisa.

E Paulo ouvia religiosamente o conselho de seu pai, e ia aprendendo cheio de fé e dedicação.

Alguns meses depois o velho tomava a seu filho:

— Ainda bem, ainda bem, meu Paulo, que tu aproveitaste as lições que te dei, e que do ponto em que te deixo, já não precisas de mestre. Morro resignado porque te vejo servindo de arrimo a estas duas criaturas — e indigitava sua mulher e filha.

Poucos dias depois o velho pintor morria.

CAPÍTULO 4

Paulo, de fato, aproveitara as lições que tinha recebido de seu velho pai, e agora, mais do que nunca, fazia da pintura uma profissão.

Já não era um artista por necessidade, era-o de gênio.

Um dia em que ele apresentava a sua mãe o retrato de sua irmã, aquela não pôde suster as lágrimas, que também o prazer as excita, e exclama entre soluços, enlevada com a perfeição do trabalho:

— É certo, filho, o que muitas vezes te ouvi dizer teu pai, que Deus haja, quando tu lhe teimavas que não tinhas jeito para pintor: "Paulo" — dizia-te ele —, "o homem é o que quer ele próprio ser, e não o que quiserem os outros"; é certo e bem certo!

E a mãe afagava o filho, e o irmão entregava à irmã o retrato que lhe tinha tirado; a irmã lá se ia toda contente dando vivas a seu irmão, e a flor da alegria perfumava o lar dos pobres!

Prazeres domésticos, carícias de mãe para filhos, risos de irmãos para irmãos, ai daquele a quem não alimentais as crenças do coração!

Paulo trabalhava de dia com o seu pincel, de noite estudava seus livros, contente com a sua arte e feliz na obscuridade da sua pobreza.

Sua mãe e irmã também não se poupavam ao trabalho, ajudando-o com o fruto de algumas costuras. Uma e outra agradeciam a Deus o ter-lhe dado aquela um filho e a esta um irmão que de dia em dia mais merecedor se faria das bênçãos do céu.

Algum tempo depois de ali residir o comendador B..., Paulo caiu doente. A moléstia era grave, exigiu a assistência de um médico e foi chamado o comendador.

Veio o médico e daí partiu o seu conhecimento com Paulo e sua família.

CAPÍTULO 5

Paulo não era simplesmente um pintor, era um moço cheio de inteligência e que seria tão grande na carreira a que seu falecido pai primeiramente o destinara, como na que tinha abraçado — se no Brasil fosse real essa proteção que se diz prodigalizar às artes.

Dotado de uma inteligência que, malgrado seu, sobressaía modéstia do gênio, aos 20 anos artista, se não perfeito, ao menos o melhor que podia sê-lo naquela idade e à custa de seus próprios esforços, todo ele dedicado à sua família, Paulo mereceu a estima e amizade do comendador.

Restabelecido, o comendador visitava-o muitas vezes; Emília já era muito amiga de Henriqueta (era este o nome da irmã de Paulo); aquela já gostava de ver, sem ser por curiosidade, todos os trabalhos do jovem pintor, e este já não era o mesmo Paulo que dantes cantarolava tão contente enquanto ia compondo as suas tintas, ou delineando suas paisagens.

De dia para dia foi parecendo menos alegre do que dantes, e só a custo já se lhe via um sorriso.

CAPÍTULO 6

Uma tarde, sua mãe e irmã, a um tempo, fizeram-lhe notar que tinham percebido não andar ele tão contente como dantes.

— É verdade — respondeu-lhes Paulo —, não ando contente com a minha vida.

— E de onde vem, filho, esse descontentamento? — perguntou-lhe enternecida sua velha mãe.

Paulo não respondeu.

— Não escondas — disse por sua vez Henriqueta, tomando-lhe as mãos com amizade. — Não escondas, meu irmão: o que é que te descontenta? Anda, dize por que andas triste.

— Porque — murmurou ele —, porque... não sei...

— Paulo! — exclamou sua mãe.

— Olha — tornou-lhe Henriqueta, com os olhos umedecidos —, mamãe chora, eu também choro, e és tu quem nos deixas chorar.

Paulo fez um movimento e tomou a mão de sua mãe, falando assim:

— Minha mãe, minha irmã, querem saber o que eu tenho? Pois bem, vou lhes dizer tudo. Mas... deem-me um instante.

Foi a seu quarto e voltou, trazendo um pequeno quadro coberto com um lenço.

— Minha mãe e minha irmã — tornou-lhes sem descobrir o quadro —, perguntam-me por que estou descontente da vida, por quê? Perguntam às andorinhas por que voam tão contentes pelos ares; perguntem aos outros passarinhos por que soltam seus cantos, saltando de ramo em ramo, de mangueira em mangueira tão contentes com a vida; perguntem às borboletas por que aí vão pelos campos todas contentes de si; perguntem às flores por que sorriem contentes às borboletas; perguntem aos sertanejos por que, contentes da sua vida, vão cantando as suas modas, enquanto as ovelhas, também contentes da vida, vão balando pelos montes; perguntem a todos por que vivem contentes — e saberão por que me descontenta a vida.

— E por quê? — balbuciou Henriqueta.

— Dize por quê, filho — instou sua mãe. — Não me demores esta dor no coração.

— É porque — continuou Paulo — às andorinhas, às borboletas, às flores, aos sertanejos, às suas ovelhas, ninguém, ninguém impõe leis a esse sentimento que Deus uniu à vida de todos eles e bem à de todos os mais seres — o amor!

— Amor! — exclamou Henriqueta.

— E quem há de se intrometer com o teu amor? — tornou sua mãe.

— A sociedade, minha mãe, sim, ela que por ser eu um artista descendente de outro artista, se julga com direito de obrigar-me a constranger esse sentimento quando me o inspire alguém que porventura tira dela a sua linhagem.

— Ora, filho — tornou sua mãe —, eu não sei lá disso de linhagens nem de sociedades e nem se me dá saber dessas coisas; o que quero saber é a quem amas, rapaz, para ir perguntar já e já aos seus pais, ou a quem competir, em que é que eles são melhores do que tu, se te fizeram figas ao amor, ainda e seja o sobrinho do sol, dize filho, quem é? Deixa-me ver esse quadro, é o seu retrato?

— Sim — respondeu Paulo, descobrindo o quadro.

— A filha do doutor! — exclamaram mãe e filha a um tempo.

— E como está parecido, mamãe! — continuou Henriqueta, tomando o quadro das mãos de seu irmão e mirando com curiosidade.

— E a menina Emília também te ama? — perguntou a extremosa mãe.

— Ama — respondeu Paulo em meia voz.

— E por que estás descontente? — replicou-lhe a irmã.

— Eu sei, minha irmã! Talvez o doutor...

— Qual doutor! — atalhou a boa mãe. — E não é porque me aflija com o ver-te solteiro, rapaz, mas não quero que vivas triste por esse motivo; assim como assim, hás de casar sempre, seja mais tarde ou mais cedo, o que quero é ver-te contente da vida. Deixa o mais por minha conta. Até amanhã.

— Minha mãe — balbuciou Paulo —, o que vais fazer?

— É que esta trapalhada — tomou-lhe — amanhã há de ficar direita. Queria ouvir o doutor dizer-me alguma coisa que não me quadrasse ao coração! Havia de bater-lhe os pés e perguntar-lhe, que todo o mundo ouvisse, em que sua filha era melhor do que meu filho. Dá-me esse quadro, Henriqueta, preciso dele até amanhã.

Dizendo e tomando o quadro das mãos de Henriqueta, a boa mãe foi guardá-lo.

Paulo, silencioso, seguia com os olhos todos os movimentos de sua mãe, e Henriqueta contemplava-o com um amoroso e risonho olhar.

— Ai, minha irmã — murmurou ele aproximando-se dela e afagando-lhe as mãos —, como eu seria mais feliz.

— E eu como hei de gostar de vê-los ditosos — respondeu a afetuosa irmã, afagando por sua vez as mãos de seu irmão.

CAPÍTULO 7

Paulo amava a filha do comendador como um artista é capaz de amar. Tinha-lhe tirado o retrato nesse momento de inspiração febril que se segue ao primeiro abalo do amor, ao delírio dessa emoção por que passa o homem que ouviu, depois de longas noites de anseios, de esperanças e dúvidas, essa declaração trêmula, deixando vagarosamente os lábios da mulher, que enrubescendo diz: — eu... tam... bém... amo... -te —, quando o poeta, enfim, vê com os olhos da alma dentro do seu crânio de fogo, a imagem da mulher que o incendiou.

À noite recolheu-se a seu quarto, abriu um livro, leu e releu e não ligou uma só ideia da página relida; afinal, caiu nesse ressonar, de que a cada instante desperta quem faz por adormecer, não para dormir, e só para ver se o dia amanhece mais cedo.

Lá pela madrugada o espírito, mais calmo, cedeu ao cansaço do corpo e Paulo caiu num sono tranquilo e profundo.

Às oito horas da manhã, Paulo ainda dormia profundamente, e já sua mãe voltava da casa do comendador.

A boa mulher deixou que seu filho continuasse a dormir, e foi contar à filha como se houve na missão de que se encarregara.

CAPÍTULO 8

— Rapariga — principiou ela, sentando-se junto à Henriqueta —, não há nada como ser mãe; se algum dia tiveres essa dita, verás o que é querer bem a um filho. E que doce prazer tem a gente quando vê seus filhos alegres como os passarinhos!

— Jesus! Parece que o coração desfaz-se todo em risos! A mãe anda tão cheia de si, que nem se lembra mais dos seus flatos.

— Mas tu ainda não podes avaliar estes prazeres; deixa dizer-te que tal me houve com o doutor. Saí daqui e fui dizendo comigo: se o doutor puser algum senão no meu filho, vou-lhe logo dizendo daquelas que ele nunca jamais ouviu. Era o que me faltava a mim, ver um rapaz tão cheio de prendas e qualidades como o teu irmão, e sem merecimentos para casar-se com a filha de um doutor! Que merecimentos tinha eu para casar-me com teu pai? Não era eu uma rústica roceira, e ele um pintor de nome, na cidade? Pondo os pés dentro da casa do homem, mal lhe dei os bons dias, fui começando: — Senhor doutor, traz-me tão cedinho a sua casa uma lengalenga muito embrulhada. Sua mercê tem um coração de pai e eu cá tenho um coração de mãe, e ainda que sua mercê tenha muito amor a sua filha, esse amor não faz a metade do amor que eu tenho a meu filho. Andava-me o pobre rapaz de uns dias para cá todo triste e amuado; já não conversava nem ria como dantes. Aquilo tocou-me o coração, e mais que depressa cuidei em bisbilhotar o que me entristecia o filho. O senhor doutor não adivinha o que seria? O doutor respondeu-me que não. Eu disse-lhe que também não tinha adivinhado, e fui para diante com a ladainha. Pois o rapaz, depois de eu e sua irmã pedir e mais pedir, abriu a boca, dizendo que andava triste da vida, porque os passarinhos andavam contentes da sua, como também as ovelhas e mais viventes, e isto significava que ele em ser criatura não podia amar a quem bem quisesse, enquanto os passarinhos amavam como lhes era da vontade. Sabidas as contas, o rapaz apresentou este quadro, dizendo ser o retrato da pessoa que ele amava, cuja conheci logo e que o senhor doutor também conhece. Descobri o retrato e mostrei-lhe.

— Minha filha — disse ele, deitando os olhos no retrato.

— Sim, a menina Emília, e o que tem isso? — perguntei-lhe.

Ele se pôs a pensar. Eu estava vendo que se ele me dissesse algum dito contra o rapaz, atirava-lhe com o quadro à cara e vinha-me para casa dar de conselho a teu irmão que se deixasse de querer casar com a filha de um malcriado.

Mas o doutor, que não é nenhum malcriado, pensou um bocadinho e abriu a boca pedindo-me que deixasse ficar o retrato; que mandasse o teu irmão se entender com ele; que teu irmão é um rapaz de muitas prendas, muito bem comportado, e muito merecedor de ser amado pela menina Emília.

Ao chegar neste ponto, Henriqueta levantou-se e sem prestar mais atenção à sua mãe, foi bater no quarto do irmão.

— Rapariga noveleira — gritou-lhe a mãe —, não me acordes o rapaz.

Henriqueta continuou a bater, até que a voz de Paulo veio dizer-lhe que seu irmão já estava de pé.

CAPÍTULO 9

Paulo saiu do quarto algum tanto abatido.

O artista tinha passado uma dessas noites de atribulações, em que os anelos do espírito se antepõem mil dúvidas e esperanças, mil crenças impossíveis, em que o coração, ora fatigado, como que baqueia no fundo de um abismo de dificuldades; ora cheio de forças, parece elevar-se acima de todos os impossíveis nas asas da esperança.

Seus olhos encovados, os cabelos em desalinho, e aquele vislumbre de incerteza que sobressaía a palidez do seu semblante, davam-lhe um aspecto de entristecer o coração.

Sua mãe, mal o foi encarando, exclamou sobressaltada e correndo para ele:

— Ai, pobre filho, como estás, que pareces cera! Anda, anda tu, rapariga — continuou, dirigindo-se a Henriqueta —, dize a este rapaz o que eu acabei de contar, enquanto eu vou preparar o almoço antes que lhe dê algum vágado.

Henriqueta contou a seu irmão o que lhe expusera sua mãe.

Paulo, à proporção que sua irmã relatava o que se tinha passado entre sua mãe e o comendador, ia recobrando o ânimo e com ele as cores de suas faces e o brilho de seus olhos. Já seus lábios sorriam, e com as mãos alisava os cabelos desalinhados; enfim, como as árvores cujas folhas caíram miradas pelo sol do verão, e que agora brotam novas folhas ao despertar a primavera, Paulo remoçava o alento do coração, enfraquecido nos debates das dúvidas daquela longa noite, ouvindo a narração de sua irmã.

Henriqueta concluiu, bendizendo os amores de seu irmão e apressando-o que fosse quanto antes à casa do comendador.

Paulo apertou cordialmente as mãos de sua irmã, e transportado da mais doce sensação, fitou-lhe os grandes olhos, exclamando com meia voz:

— Como tu és boa, minha irmã! E eu, como sou feliz!

— E eu, e eu — perguntou a boa mãe aparecendo naquele momento —, o que sou?

Paulo correu aos braços de sua mãe, exclamando:

— Minha mãe! Minha mãe é o que só um beijo do coração pode dizer! — e beijou-lhe a fronte.

— Está bom — tornou a extremosa velha, enxugando com o punho os olhos que umedeciam duas dessas lágrimas que são para a alma como o orvalho é para as flores —, está bom — tornou ela —, vamos almoçar o nosso bocadinho.

E lá se foram os três, contentes com a fortuna, sentar-se à mesa da pobreza.

CAPÍTULO 10

Feita a refeição, Paulo foi ter com o comendador.

O pai de Emília não alterou a sua afabilidade para com o jovem pintor, que parecia bastante perturbado.

Era o abalo dessa fibra de pejo, que se move no coração do mancebo, a presença do ancião a quem vai falar do amor que lhe inspirou sua filha.

O comendador fez sentar ao pé de si o jovem amante, principiando com jovialidade:

— Não desanime, sr. Paulo, que dessa doença não há de morrer. Sua mãe expôs-me tudo e eu não desestimei saber que um moço dedicado ao trabalho, cheio de aspirações dignas da inteligência que a força de vontade tem cultivado na falta de outros meios, numa palavra, um moço dotado de tanto senso como o sr. Paulo, não desestimei saber que amava a minha filha. Antes, porém, de assentarmos num compromisso, julgo conveniente dizer-lhe algumas palavras a meu respeito e também dela. Até aqui o sr. Paulo merecia-me toda a consideração, mas, desde este instante em que começo por considerá-lo um filho próprio, faz-me credor de toda a minha intimidade, e portanto vou falar-lhe com toda a franqueza de pai para filho.

E o comendador começou a expor familiarmente todos os principais pontos da sua vida, rematando neste teor:

— Com a política desperdicei toda a minha fortuna, e juntamente a herança que coube por morte de sua mãe à minha filha. Na corte deixei credores, a quem nunca mais poderei pagar o que devo, sendo um deles o avô de Emília, que, mesquinho como é, e ainda mais meu inimigo capital, por sua morte incluirá, naturalmente, na herança de sua neta a minha dívida. Não tem, pois, Emília, outro dote que não seja alguma inteligência...

— Perdão — interrompeu Paulo. — D. Emília tem um dote que eu não trocaria por todas as moedas do mundo: o coração; e eu sou moço e saberei trabalhar.

— Já o sabe — tornou o comendador —, e eu prezo ouvi-lo falar assim. Agora - prosseguiu, levantando-se —, deixe-me ir chamar a minha filha, creio que a surpresa ser-lhe-á agradável.

Não foi preciso. Emília apareceu, alheia ao que se tratava, e sem cuidar naquele momento ir encontrar-se com Paulo.

A desprevenida donzela enrubesceu dando com os olhos em seu amante, que, ao contrário dela, empalideceu.

— Ainda bem que vieste — disse-lhe o comendador, sentando-se outra vez —, levantava-me para ir chamar-te.

Emília e Paulo trocaram entre si uma acanhada cortesia.

— Então o que há de novo? — perguntou ela, quase sobressaltada, sentando-se junto a seu pai.

— Não adivinhas? — tornou-lhe o comendador.

— Não — balbuciou ela.

— Pois eu te explico: o sr. Paulo veio participar-nos que... vê se podes adivinhar o resto?

— Não... sei... — respondeu Emília, dividindo as palavras.

— Veio participar-nos que vai casar-se...

— Ah! — exclamou a donzela, involuntariamente e empalidecendo. — Vai casar-se?! — E curvou a fronte, tentando furtar aos olhos de seu pai o segredo que, malgrado seu, seus olhos revelavam.

— O sr. Paulo — continuou o comendador, dissimulando nada ter percebido —, ainda foi mais delicado, pois que vindo participar-nos o seu propósito, trouxe-nos o retrato de sua futura noiva...

Emília estremeceu.

O comendador levantou-se, foi à sua secretária e voltou trazendo um quadro. Era o mesmo que, não havia muito, lá tinha deixado ficar a mãe de Paulo.

— Eis o retrato da noiva do sr. Paulo — continuou ele, apresentando o quadro à sua filha.

— Meu pai — exclamou ela vendo-se retratada, e deixou cair levemente sobre o ombro de seu pai a sua mimosa fronte.

— Correu-se o véu do segredo, minha filha; o artista, que tão bem soube roubar-te as feições, em paga do coração que lhe roubaste, espera a sua sentença; estende-lhe a mão e sentencia-o.

As mãos dos amantes estenderam-se, o comendador as uniu; apertaram-se reciprocamente, pronunciando ambos e a um tempo o nome daquele sentimento que lhes afagava os corações — amor.

CAPÍTULO 11

Emília completava 15 anos. Paulo tinha 20 anos completos. Amaram-se reciprocamente desde a primeira vez que se viram. Paulo amou aqueles olhos azuis, as tranças douradas daqueles cabelos louros, a tez daquelas faces brancas como as angélicas, a candidez daquele semblante, que tão bem revelava toda a inocência do coração; aqueles lábios que roubavam o carmim das asas das colheireiras; aquelas palavras singelas, a simplicidade do traje daquele corpo gentil e flexível nos seus movimentos, como a delgada palmeira que cresce à margem dos nossos rios, e que, à tardinha, sacudida pela viração das matas, parece nos seus meneios ansiar por ir deitar-se ao lado de sua sombra, que se reclina à superfície das águas. Amou aquele espírito de 15 anos, que era como âmbula de perfumes das açucenas de amor.

Emília amou a luz daqueles olhos pretos e inteligentes, e a modéstia daquela larga fronte; os extremos do filho a seu ar e a dedicação do homem ao labor; a resignação do gênio na sua obscuridade e a poesia daquele coração de órfão, tão esquecido dos homens, e de dia em dia mais cheio de crenças.

Viram-se, estremeceram ambos e baixaram os olhos.

Tinha-se-lhes abalado a fibra do primeiro amor.

Daí, até aquela hora, nunca se trocaram uma palavra, uma só por que um e outro se revelasse. Quando a ocasião os deixava juntos e sós, esses instantes pareciam-lhes curtos para pronunciarem essa palavra que lhes nadava à flor dos lábios!

Olhavam-se, compreendiam-se e o amor florescia.

CAPÍTULO 12

Paulo, ambicionando uma melhor posição para o futuro, resolveu-se a vir apresentar nesta corte, aos entendedores da sua arte, alguns trabalhos que possuía e tinha em conta de bons.

— Os mestres me farão justiça — pensava ele, construindo *in mente* os seus castelos —, meu nome chegará aos ouvidos dos protetores das artes e eles me encaminharão. Eu terei diante dos olhos a estrada de um futuro risonho; oh! Como eu caminharei ovante e como a minha pátria terá depois orgulho em pronunciar o meu nome!

Inexperto artista! Como ele dava importância ao orgulho da sua pátria, que só se orgulha em pronunciar os nomes dos seus devotados charlatões!

Inexperiente! Tu é que te deveras encher de orgulho, porque a pátria não te sabia o nome!

— Chego à corte — continuava ele —, estou ali seis meses, pelo máximo, recebo a chave do futuro e torno a estes lares queridos, ao seio de minha mãe, às carícias de minha irmã e aos eternos desvelos de Emília e depois?... Toca a trabalhar, toca a ser mais feliz do que já o sou agora, e para sê-lo ainda mais.

O laborioso mancebo tinha feito algumas economias dos lucros dos seus trabalhos. Na sua gaveta havia seguramente perto de um conto de réis.

Contava com a metade daquela quantia, podia à vontade levar avante todas as proezas que imaginava, digo proezas porque o inexperto metia no meio das suas reflexões o nome da sua querida pátria!

Paulo revelou à sua noiva todos os seus desígnios. Não foi sem grande abalo que Emília recebeu semelhante notícia, e embalde tentou dissuadi-lo do propósito, apresentando-lhe as mais tocantes objeções de amor.

Na presença, porém, de seu pai, a quem Paulo comunicava a resolução que tinha tomado, e concordando ele, depois de razoáveis reflexões, Emília pareceu também concorde, concedendo às reflexões de ambos.

Naquela ocasião Paulo marcou o prazo de dez meses para levar a efeito o seu compromisso, decidindo-se a seguir viagem para esta corte na primeira ocasião, o que se dava daí a doze dias, mais ou menos.

O carinhoso filho não sabia como fizesse chegar aos ouvidos de sua desvelada mãe aquelas intenções. Foi-lhe preciso muito esforço e ainda a presença do comendador.

A boa mãe comoveu-se em extremo, indignando-se até contra as aspirações do filho.

— Queres — soluçava ela —, queres ser mais feliz do que te faz o seio de tua mãe? Tens razão, parte, filho, vai ser feliz!

E o filho não tinha uma palavra com que respondesse a amarga ironia que lhe dirigia a consternada mãe.

Aquelas palavras doeram-lhe no íntimo da alma, doeram-lhe, que ele bem compreendeu o doloroso de suas expressões.

— Aqui está — continuou ela, dirigindo-se ao comendador —, aqui está para que Deus dá à criatura um filho! Para ter em um mau dia de separar-se da pobre mãe, que não o pode acompanhar por essas estradas do mundo! E se a pobre criança cai doente? E a infeliz mãe que não lhe pode ouvir os gemidos? Ai, pobre filho sem mãe que não terás quem te dê um caldinho, quem te mude o lençol da cama, quem te acompanhe nos teus sofrimentos! Deus me perdoe, senhor doutor, a mim que nesta hora não sei o que me vem à boca de dentro deste aflito coração, ele me perdoe, pecadora, que muito pouco tenho sofrido, mal comparada com o que padeceu o seu bendito filho; mas era melhor que ele não desse filhos à mulher, ou que os desse com a única condição de eles nunca se separarem dela!

E chorava como se lhe tivesse morrido o filho.

O comendador dirigiu-lhe algumas palavras consoladoras. Paulo também soluçava, e Emília e Henriqueta contemplavam comovidas aquela cena de aflições com os olhos umedecidos.

A boa mãe, porque ouvia que o filho soluçava também, foi pouco a pouco reprimindo as dores, até que, resignada, concordou que ele partisse.

CAPÍTULO 13

Paulo preparou-se para a viagem, sendo o seu primeiro cuidado depositar nas mãos do comendador a metade do dinheiro que economizara, para que ele, em caso de precisão, socorresse sua mãe.

Alguns dias se passaram.

Já era preciso partir. Paulo estava pronto, e no outro dia pela manhã o vapor levantava âncora.

Aí, adeuses de mãe, de irmãos e noivos!

Lágrimas e soluços de quem vai pela primeira vez ver ao longe sumirem-se aqueles lares que tantos afagos têm.

Agora tu, tu, mágico doer do coração, saudade!

Virgem pálida, de olhos elanguescidos, que reclinas as faces sobre a mão tão alva como as penas das garças, e te deixas, à tardinha, ir adormecendo à janela, enquanto os zéfiros vão sorvendo o perfume das tranças de teus cabelos: virgem pálida, que doer é esse que te alenta o coração?

Saudade!

Ancião, que paras à beira do caminho, e arrimando-te ao bastão, levantas os olhos ao velho cedro que te fica em frente, e como que o saudando murmuras — bem me lembro! Bem me lembro! Que mágico doer é esse que te traspassa até o fundo do coração?

Saudade!

Marinheiro, que ao suspender do ferro, vais soltando esses pesados gemidos, que são como os estribilhos de cantigas tristes as desoras da noite ouvidos; marinheiro, que ao rigor das tempestades e calmarias, embruteceste a voz como o semblante, que tristeza é essa que te alinda a fronte? Que voz é essa de entristecer os corações?

Saudade!

Saudade, página de reminiscências íntimas, que a seu tempo se inscreve no coração humano, fadou-te Deus esse mágico doer...

Saudade e só saudade era o que restava e o do que se ia alentar o coração do jovem artista.

CAPÍTULO 14

Paulo ocupava nesta corte um pequeno sótão. Já tinha dado todos os passos possíveis a ver se conseguia dos proclamados protetores das artes a chave de futuro, porque o insensato moço, nos seus instantes de sensações, se deixou seduzir, a ponto de aventurar-se a sair daqueles lares que tão ditoso o faziam. Tinha dado todos os passos sem ter conseguido coisa alguma.

Os mestres da arte a quem o inexperiente apresentava as suas telas, aconselhavam-no a deixar os pincéis porque, concluíam eles, os seus grandes defeitos estavam a clamar que o desventurado era antes um maníaco pela arte do que um artista.

— Ora, veja — dizia-lhe um a quem o malfadado apresentava o seu mais perfeito trabalho —; veja quanta falta de tino artístico vai por aqui!

E, além de outros muitos, notava-lhe o defeito de ter arregalado os olhos uma jiboia, que se retorcia às mãos de um índio que lhe apertava o pescoço!

Um outro notava ainda na mesma cobra um novo defeito — o ter ela deitado a língua fora da boca em ocasião tão crítica!

E novas faltas de tino artístico iam aparecendo, à proporção do número dos mestres!

Os senhores proclamados protetores das artes, esses então, a primeira pergunta que dirigiam ao infeliz, quando lhes ia bater às portas e que, depois de ter estado como de quarentena por uma longa hora na sala de espera, tinha a honra de ser introduzido no gabinete de suas excelências, a primeira pergunta que lhe dirigiam era se o malfadado lhes levava alguma carta.

O ingênuo artista possuía bastante lhaneza para responder-lhes que só contava com a generosa bondade de suas excelências para o fim que levava às suas presenças, mas suas excelências também possuíam bastante falta de vergonha e incivilidade para responder-lhe que tinham muito que fazer naquela ocasião!

E, sem mais preâmbulos, despediam-no com uma cortesia de esguelha, se dão licença à frase!

O desvalido, completamente desenganado por todos os lados, descoroçoou.

Havia perto de seis meses que estava na corte, não convinha demorar-se mais.

Era preciso apressar-se em tornar àquela obscuridade para que nascera, ao seio amigo e sincero de sua família, que o esperava ansiosa. Mas Paulo, apesar da sua economia em regrar a mesquinha quantia com que se animara a vir ao Rio de Janeiro, achava-se baldo de recursos. Algum dinheiro que lhe restava mal chegaria para satisfazer as primeiras precisões de duas semanas.

Revelou as circunstâncias a um galhofeiro moço, que morava em outro sótão tão fronteiro ao seu, e de quem lá era bastante amigo.

CAPÍTULO 15

Eugênio, chamava-se o amigo de Paulo, representava ter 25 a 28 anos de idade.

O seu mundo, dizia ele, era a sua consciência, o seu conselheiro a circunstância, o seu rei Paulo de Kock, e a sua pátria a cabeça de *Sócrates*, um cão por que se desvelava extremosamente.

— Quê! — exclamou Eugênio, ao concluir Paulo a sua narração. — Deixas-te ficar sem dinheiro possuindo tu tintas e pincéis que tão bem manejas?

— Que queres tu? — respondeu-lhe Paulo. — Não acabei de dizer-te quanto me ofereceram pelo meu melhor quadro? Hei de vendê-lo por semelhante preço, que nem ao menos chega para a desforra das tintas? Não, nunca. Antes pedir esmolas, antes dar mais um novo desgosto à minha velha mãe escrevendo-lhe circunstanciadamente a respeito da minha situação.

— É justo — atalhou Eugênio — que por semelhante preço não o dês, nem eu te aconselharia nunca que o fizesses. Ora atende-me. Tu já me tens falado de ti, da tua vida tão cheia de privações, do teu amor quase sacrificado pelas encantadoras esperanças que te riem ao coração quando olhas para o futuro; entretanto, eu ainda não tive ocasião para dizer-te alguma coisa a meu respeito. Pois bem, já que não te posso oferecer neste momento as minhas algibeiras, porque tu precisas de dinheiro e elas estão vazias, ao menos dar-te-ei um ótimo conselho com que, se o tomares, poderás em poucos dias adquirir bem boas patacas. É preciso, porém, que tenhas a paciência de escutar por tua vez alguns pormenores da minha vida. E, para tornar-te essa maçada mais divertida, não omitindo os *ff* e *rr* de romance, que dão chiste às minhas desventuras, ler-te-ei alguns capítulos da minha história. Estás disposto a ouvi-los?

— Com muito prazer — respondeu Paulo.

Eugênio tirou um livro em manuscrito da sua pequena estante de pinho, sentou-se junto a Paulo e leu:

ROMANCE A LÁPIS

ou

Apontamentos dos transes mais apertados da minha vida e da do meu fiel *Sócrates*; e de outras muitas coisas, o que tudo fiz, por sua muito descomunal novidade, em minhas horas de lazer, para desagravo da nossa igual desventura.

— Não te previnas — disse Eugênio suspendendo a leitura —, que não sou nenhum quinhentista; adotei a linguagem à d. Quixote, no argumento dos capítulos, para não ter o trabalho de perder tempo mendigando para eles, aí pelas estantes, epígrafes facetas.

E continuou:

I

De como o autor e personagem deste livro, chegando aos seus 20 anos, se achou com o seu fiel Sócrates *em uma posição muito crítica; da maneira por que se tirou dela em favor de* Sócrates, *vendendo a estimada princesa de seu tio. Do modo por que se desfez de um cavalo que a fortuna lhe mandou, e do grande prazer que isso lhe deu à alma e também ao estômago de* Sócrates.

Aos 20 anos de idade era eu órfão de pai e mãe.

Não tinha irmãos, nem parentes mais próximos que um velho tio materno. Major reformado do Exército, meu tio não tinha outro haver que o mesquinho ordenado que lhe dava a sua reforma. Eu vivia em sua companhia e às suas expensas desde o tempo em que minha mãe enviuvou. Tinha-se ela casado com meu pai por amor; ambos eram pobríssimos, e meu pai juntava à pobreza uma inextinguível dose de extravagância que bem pouco se harmonizava com a sua vida de empregado público.

Morreu ainda moço, deixando-me na idade de dez anos, e por consequência, incapaz de trabalhar para ajudar minha mãe a satisfazer um enxame de credores que nos ficou como herança.

Por esse acontecimento, que nos deixou mesmo ao deus dará, meu tio chamou-nos para a sua companhia, falecendo minha mãe oito anos depois.

Tornando aos meus 20 anos. Tinha-os eu, e frequentava o primeiro ano de medicina, quando a morte veio privar-me do único arrimo que me restava.

O velho major faleceu nesse mesmo ano!

Eis-me um Pedro-Sem em miniatura, ou um Jó dos tempos modernos! Meu tio não deixara nada, completamente nada! Daí em diante comecei a provar todas as taças da necessidade, cada qual mais amarga.

Não fui mais à academia.

Quando procurei meus livros, já os tinha vendido.

Até uma espada velha, o mais predileto traste de meu tio, que ele não trocaria pelo maior posto do Exército, a sua princesa, como ele chamava naqueles momentos de entusiasmo de que o velho soldado se possuía ao recordar-se do dia em que teve de desembainhá-la para com ela em punho saudar o sol da liberdade, que, à voz do seu querido d. Pedro I, fazia despontar no céu de Ipiranga; ela, que coisas tão bonitas lembrava; ela, espada por todos os títulos livre, pois até ela vendi e a um tão digno senhor como é um senhor belchior!

Eu precisava de um pão para mim, que forçado a ouvir os impropérios e ameaças de meu senhorio, não tinha tempo de responder às queixas que me fazia o estômago, de uma fome de três dias que se hospedava com ele, mas para o meu cão *Sócrates*, que comigo irreligiosamente jejuava três dias seguidos, irreligiosamente digo porque o jejum, segundo a cartilha, deve ser voluntário e nós nenhuma vontade tínhamos de jejuar. Estava eu a refletir no passo que devia dar para arranjar-me o mais depressa possível, quando dei com os olhos do irracional, que, no canto da casa, cheio de resignação, parecia ir-se definhando caladamente, dizendo-me silencioso o seu último adeus, com aqueles olhos lânguidos e lacrimosos! Como que acordei sobressaltado do meu sono de reflexão; doeram-me dolorosamente as fibras todas!

Chamei o cão, animei-o e cheguei mesmo a gritar-lhe nos ouvidos que também me definhava de fome.

Vesti-me, e não encontrando coisa que mais valesse, tomei a espada e saí com o cão. Fui vendê-la a um belchior. O homem, depois de muito regatear, resolveu-se a ficar com ela por quatro vinténs; aceitei-os e com eles comprei um pão, que dei a *Sócrates* para entreter a fome.

Alguns dias antes de falecer meu velho tio, apareceu lá pela academia um colega meu rifando um cavalo, com que de Minas o mimoseara seu pai; obrigou-me a ficar com um bilhete, e com tão boa vontade que foi ele o premiado.

Concordei com o dono de uma cocheira em tratar ele do animal como coisa sua, permitindo apenas servir-me dele uma ou outra vez.

Era um excelente alazão e o dono da cocheira fez um excelente contrato.

Mais satisfeito com o ver *Sócrates* menos descontente da vida, que tão carrancuda via nas agonias da fome, fui propor ao dono da cocheira a venda do meu cavalo. Foi essa a minha primeira lembrança logo que tive falta de dinheiro, mas infelizmente o diabo do homem lembrara-se também de ir passear com o alazão não sei por onde, e deixou que primeiramente as minhas privações chegassem ao extremo em que estavam, para voltar do seu passeio.

Nesse dia, graças à fortuna, já estavam eles em casa.

Propus-lhe a venda.

O homem, mal acabou de ouvir a proposta, folheou um almanaque de defeitos contra o cavalo, rematando por declarar-me que nascera entre cavalos, que com ele tratara até aquela hora, e que, enfim, tomasse-lhe o diabo conta da alma, se não era o meu cavalo o mais ordinário alazão que ele tinha conhecido.

Disse-lhe que desse pelo animal o que fosse mais razoável.

Tomou duas notas de 30 mil-réis e ofereceu-me.

Era a primeira vez na minha vida que eu podia dispor de tanto dinheiro.

Fui a um hotel, mas qual vontade de comer?

O prazer acalentava a fome. Outro tanto não se deu com *Sócrates* que, enquanto eu contra a vontade comia a sopa, regalava-se ele devorando o segundo prato que lhe mandei dar.

Ocupava eu então um pequeno quarto, cujo primeiro mês de aluguel já estava vencido e ainda não estava pago, o que me obrigava a ouvir silenciosamente todos os impropérios do senhorio; paguei-o nesse mesmo dia e bem assim o segundo mês que estava quase no meado.

II

Grande susto do autor e juntamente de Sócrates com o aparecimento de seu tio; vergonha porque passou ao tomar-lhe *este contas da sua espada, e da ordem que lhe passa do outro mundo. Saí o autor a resgatar a princesa. De como uma espada aumenta de valor de um dia para outro. Parte a cumprir o mando do seu tio.*

Com o espírito mais tranquilizado por ver-me livre por alguns dias de tal senhorio, com um pouco de dinheiro nos bolsos e o meu cão mais contente com o seu estômago, passei o resto do dia satisfeito como um frade.

À noite deitei-me cedo; alquebrantado por aquelas privações de três dias, dormi com a maior facilidade.

Creio que dormi profundamente duas horas seguidas.

Daí comecei a sonhar.

Sonhei que eu tinha acordado e que via diante de mim o vulto de um homem que não me atrevia a encarar. Vi o vulto aproximar-se da minha cabeceira sem fazer o menor ruído, porque seus pés não tocavam no soalho. Tive medo, quis reprimir a respiração para que o vulto não soubesse que estava acordado e, apertando as pálpebras, tornei a adormecer.

Sonhei que sonhava, e que o vulto, que estava à minha cabeceira, era meu tio, que esperava que eu acordasse para perguntar-me pela sua espada e que, como eu não acordasse, despertou-me ele chamando-me baixinho:

— Eugênio?

— Meu tio — respondi-lhe.

— Onde puseste a minha espada?

Que ao perguntar-me, lembrei-me de que a tinha vendido, e tive vergonha de aclarar-lhe.

E ele foi continuando, alterando a voz:

— Não é preciso que o digas. Vendeste a minha espada, desgraçado! Ela, a quem devias render vassalagem de escravo! Sim, de escravo, porque o escravo reconhecido jamais se esquece que foi escravo do senhor que lhe deu a liberdade! Vendeste a minha espada, ela que também concorreu para te ajudar a quebrar as cadeias de escravo que te apertavam os pulsos! Renegado, quero a minha espada! Vai resgatá-la com o teu sangue, se for preciso! Tirá-la das mãos daquele indigno senhor que tão infame uso faz dela. Daquele cativeiro sai ela imunda de opróbrio; pois bem, que a malfadada seja resgatada e atirada às profundezas do mar. Vai resgatar a minha espada, viste, renegado!

Acordei sobressaltado, sentei-me; a cama estremecia, como se alguém a tivesse sacudido. Em meus ouvidos zunia a palavra renegado! *Sócrates* rosnava, a lamparina crepitava, e um relógio, como um profundo e rouco gemido de moribundo, tangia uma hora da noite.

O aspecto lúgubre do quarto, o silêncio sepulcral que reinava de uma sombra que se me afigurou ver a um canto parecendo caminhar para mim, à proporção que a lamparina crepitava, e o cão rosnando amedrontado, os meus cabelos hirtos e o coração que me batia sem compasso e isto tudo a um tempo, causou-me a mais medonha impressão.

Cheio de pavor, deitei-me novamente, chamei o cão, fi-lo deitar comigo, cobri-me com todos os panos da cama, fechei os olhos e fui repetindo, *in mente*, o padre-nosso, a ave-maria, o credo e não sei o que mais, até que dormi outra vez.

Acordei às sete horas da manhã.

Foi o meu primeiro cuidado ir à casa do belchior resgatar a espada.

Lá fui.

Perguntei-lhe por ela. O homem não tinha ideia de nunca me ter visto, e nem sabia que espada era essa por que eu lhe perguntava.

Expliquei-lhe ser aquela que eu tinha vendido no dia antecedente.

— Ah! Sim — exclamou ele —, lembra-me que ontem comprei uma espada e que é de aço superior. Comprei-a ao senhor?

— Justamente — respondi-lhe — e por oitenta réis.

— Só? — murmurou ele. — Pois olhe, fiz uma pechincha: o aço é o melhor que por aqui tem aparecido; também é em paga das espigas que levamos. Então o senhor arrependeu-se, hein? Eu logo vi que havia de arrepender-se.

E dizendo isto, foi a um canto do seu bazar e voltou com a espada.

— Ora, aqui a temos — disse apresentando-a. — É uma espada real, tão valente como a de Carlos Magno; pergunte-lhe que façanha fez ela ontem à noite.

— Que façanha foi essa? — repliquei-lhe.

— Foi — respondeu — que ela deu-me cabo de um batalhão de ratos que por aqui andava a destruir-me os trastes.

A lâmina estava toda tinta de sangue.

Pasmei com a coincidência, lembrando-me do sonho.

Perguntei ao homem quanto queria pela espada; respondeu-me que visto ser eu seu freguês e de mais a mais o próprio que a tinha vendido, dava-me por dez tostões. Não regateei, dei-lhe o dinheiro e saí.

Fui à praia dos Mineiros, fretei um bote e mandei remar para a ilha das Cobras. Quando vi que já teria vencido umas 20 braças mais ou menos, fingi distrair-me e deixei a espada ir ao mar.

Os remadores soltaram uma exclamação a seu modo. Eu soltei também a minha e, fingindo-me amuado, mandei que voltássemos, dando-lhes a entender que já não tinha o que ir fazer à ilha.

III

O romance faz-se de mais em mais interessante. Raro caso de que o encontro de um antigo amigo traz felicidade. Em que se explica de como o capricho de uma amante rende cem mil-réis, e como acontece que muitas vezes se vende o que ainda não se possui.

Tornando às minhas circunstâncias. Restavam-me uns 20 mil-réis dos 60 que rendera o alazão. Ansioso por ver-me livre daquela quantia, pensava como desfazer-me dela.

Dizia, falando com *Sócrates*: temos o quarto pago, e ainda restam-nos livres uns 20 dias; a lavadeira também está paga, o fato ainda resistirá alguns três meses bem puxados: o que nos falta, *Sócrates*? Ai, o alimento! Mas ontem e hoje temos comido sofrivelmente, e não há de ser no jantar de amanhã que havemos de desperdiçar todo este dinheiro. Pensa, *Sócrates*?!

E o cão punha-se a pular daqui e dali todo alegre da sua vida com o ver-me prazenteiro.

— Qual amanhã! - exclamei, interrompendo a voz da prudência que se entremetia com as minhas reflexões, lembrando-me o futuro.

— Eu sou — prossegui — como os tapuia; não tenho amanhã. Há de ser hoje; o meu futuro é o presente e este dinheiro pesa-me nas algibeiras; preciso reparti-lo com alguém... pelo menos.

Eram seis horas da tarde; vesti-me e saí.

Na rua encontrei um meu amigo e contemporâneo de estudos na academia.

Foi logo perguntando se eu tencionava perder o ano.

— Não tenciono — respondi-lhe —, perdi-o. A ciência é lá para ti e outros; vocês que têm papai fazendeiro rico, e mesada à vontade, cama, mesa e luz; livros e extraordinários quando bem lhes parece, e não para mim, que não tenho nada disso, e, entretanto, preciso de cama e mesa.

E, francamente, expus-lhe todas as minhas circunstâncias.

— E agora? — tornou-me ele.

— Agora — respondi-lhe — namoro a lua, e quando ela não está à janela, dou lições de mímica a este cão. E como a ele dei férias e a namorada está de nojo, vou por aqui pensando em que hei de gastar uns 20 mil-réis que aqui levo.

— Como! — exclamou ele. — Acabas de expor-me as mais críticas circunstâncias...

— Sim, sim — atalhei —, explico-te como isto é em duas palavras. Olha, uns 20 mil-réis para um sobrinho que não via vintém desde que lhe morreu o tio, é um fortunão; mas para um estudante que precisa de tantos 20 mil-réis quantos sejam suficientes para sustentá-lo quatro ou cinco anos numa academia, um 20 mil-réis pesa-lhe nos bolsos, porque não serve para alguma coisa útil. Queres cear comigo?

O meu amigo riu-se do meu modo de pensar, e foi aceitando o convite.

— Aceito — disse —, porque preciso falar-te e não quero perder a ocasião. Ando a tua procura há oito dias e não encontrei ninguém que me desse notícias tuas.

— O que vem a ser então? — perguntei-lhe.

— É que de ti — respondeu — depende a minha felicidade...

Parei surpreendido. Aquilo pareceu-me zombaria.

— Falo sério — continuou ele —; por minha mãe, que falo sério.

— Desembucha — gritei-lhe —, antes que me aborreças.

— Eugênio — continuou ele —, qual foi o primeiro dos teus companheiros a quem deste a ler na academia uma poesia tua?

— Já não me lembro.

— Pois lembre-te que fui eu. Assim como fui eu o primeiro que fez justiça a esse talento que a privação vai, sem dúvida, embotar, e que muitas vezes te defendeu quando alguns dos nossos mais levianos companheiros, despeitados com os teus merecimentos, cuidavam em deprimir-te. Isto não é alegar é recapitular os fatos para regenerar a amizade, essa amizade que dizias consagrar-me, de que eu me prezava tanto, e de que vou dar uma prova fazendo-te um pedido. Primeiramente, porém, deixa-me acabar o exórdio. Não te lembras que foste uma vez encontrar-me lutando com um terceiranista e que até nos separaste?

— Parece-me que sim.

— Pois bem, brigava com esse estúrdio, porque tinha tido o descoco de chamar-te um grandessíssimo maluco. Falou-se em poetas, eu nomeei-te como um excelente e ele saiu-se com aquela! Lembras-te que na academia era contigo que eu mais me dava, contigo, o mais pobre de todos; eu, um dos mais ricos e felizes de lá? Lembras-te...

— Com os diabos - interrompi-lhe —, não sabes pitada de retórica! Onde já se viu um exórdio maior do que a exposição?

— Está bom — tornou-me ele —, entro já na exposição! Ora, dize-me, meu amigo, sabes o que é amar-se uma mulher caprichosa?

— Nem sei como se principia — respondi-lhe, e respondi-lhe uma verdade.

— Pois — continuou ele — não principies nunca. Nunca, se não queres ter o inferno na cabeça e todas as fúrias do ciúme nos seios da alma! Atende-me. Amo, Eugênio, como nunca pensei amar! Oh! Que nunca pensei que o amor fosse assim! Endoideço, eu endoideço ou suicido-me se isto que por aqui vai dentro deste crânio não estoura de uma vez! Considera que eu amo apaixonadamente como um louco ou antes como um estulto, numa palavra, considera-me perdido por uma mulher casada, a mulher mais caprichosa que possas imaginar, e em cima de tudo lê esta carta.

Entrávamos num hotel. Tomamos lugar, e enquanto o caixeiro arranjava a mesa, li a tal carta.

Era, mais ou menos, este o seu teor.

"Senhor. — Acredito, enfim, no nosso amor; tal é a pintura que dele me fizeste! Mas neste instante ainda não vos amo eu. Entretanto, tendes-me cativado muita diferença. Falta pouco, bem vedes, para uma completa vitória. Dizeis-me que sois poeta, romancista e médico; como poeta, causais-me compaixão; como médico, horrorizais-me! Desculpai o falar-vos tão positivamente... porém, em paga, confesso-vos que como romancista serei capaz de amar-vos. Não fazeis ideia, sou louca pelos romances, e por um romancista serei capaz de endoidecer. Aproveitai, pois, o enredo deste amor que dizeis consagrar-me, as vossas loucuras, os meus caprichos, as minhas privações como mulher casada, arranjai tudo isso, ainda que seja como um esboço de romance de que eu seja a heroína. Dai mais essa prova de obediência aos meus caprichos, e contai com os meus sacrifícios..."

— E então? — perguntou-me, ao concluir eu a leitura de semelhante carta. — E então? É ou não caprichosa?

— Escreve-lhe o romance — respondi-lhe.

— Pois eu lá tenho jeito para escrever um romance? Encarregas-te disso?

— Não tenho tempo.

— Qual não tens tempo, se não tens o que fazer?

— Mas não mandaste dizer à mulher que és romancista?

— Ora, não me perguntes por isso! Mandei, sim, e vês que essa mentira serviu-me de muito. Ela é capaz de endoidecer por um romancista!... Oh! Que cabeça de fogo para reclinar-se neste seio, onde labora um vulcão! Oh! Se a visses... é realmente um tipo para romance! Que olhos lânguidos e que desdém o seu? Quanta poesia, quanta... Oh! Pelo amor de Deus, faze-me feliz, Eugênio?!

— Como?

— Escrevendo o romance. Conheces-me bem, sabes que eu sou incapaz de escrevê-lo, palavra de honra que não saberei encadear um único capítulo.

— Contudo mandaste dizer à mulher que és romancista.

— Pois se eu já não tinha mais o que dizer-lhe? Lancei mão desse estratagema pensando ser mais feliz por intervenção da impostura e não me enganei. Façamos um contrato?

— Vai dizendo.

— Daqui a três dias sigo para a minha fazenda. Meu pai está bastante doente e minha mãe escreveu-me pedindo-me que deixe a academia e parta o quanto antes. Não posso ali demorar-me mais de um mês. Durante esse tempo, escreve o romance, e o mês corre por minha conta. Faze de conta que és meu guarda-livros. Tens o ordenado de duzentos mil-réis por mês; pago-te já 15 dias adiantados, e os outros ao entregares-me os livros em dia, isto é, o romance concluído, aceitas?

Não me fiz rogar. O meu amigo era credor de toda a minha gratidão, e de mais a mais sabia alegar com tão bons modos, que ingrato fora eu não cedendo-lhe ao pedido. Sem impostura teimei com ele, não querendo aceitar os cem mil-réis que me oferecia, mas ele, mais teimoso do que eu, saiu vencedor — ficando com cem mil-réis de menos.

Tomei minuciosamente alguns apontamentos dos pormenores do seu amor, e prometi o romance concluído quando ele voltasse de sua fazenda.

E ceamos como três príncipes, ele, eu e *Sócrates*.

IV

De como o autor prova com um — por conseguinte — que Creso em ser Creso, não teve talento para escrever o primeiro capítulo de um romance, tendo provado antes que o si vis, potes dos antigos, é uma pulha de primeira ordem. De como ele saber pitada de álgebra, mostra-se transformado em um Arquimedes moderno graças às magias do amor. Do que deu azo a um pequeno pega do autor com um dilettanti do barracão do campo de Santana. Torna-se o romance patético. O autor expõe a um seu amigo, que se ri e não fala, com energia romântica, o que foi e o que é, e no melhor dos seus períodos é chamado à ordem por uma sentinela.

Quem era o amigo do autor.

De fato, meu amigo estava apaixonadíssimo, e a mulher por quem se apaixonara, pela pintura que dela me fez, pareceu-me um tipo aproveitável para personagem de um romance.

No outro dia comecei a debuxar, *in mente*, o enredo do seu romance. À noite, quis escrever os primeiros capítulos, mas qual! Eu, então, não possuía um único 20 mil réis, estava rico como o Creso, e, por conseguinte, incapaz de escrever um romance.

Embalde assentei-me muitas vezes com as melhores disposições de escrevê-lo — é teimar em vão — disse; enquanto eu tiver dinheiro serei estúpido.

Tinha-o desenvolvido na cabeça, prometi a mim mesmo passá-lo para o papel quando empobrecesse, e cuidei em divertir-me.

Eis-me no teatro Lírico.

Com a intenção de Arquimedes, procuro o X de um problema, e não sei o que se passa em derredor de mim.

— Oh, senhor? Oh, senhor de um dado! Faz-me o favor de não amarrotar-me o chapéu? Há um quarto de hora que o advirto; se é surdo não lhe gabo o gosto de vir ao Lírico.

— Certamente, é péssimo gosto: sabe dizer-me em que ato estamos?

O meu despertador, cujo inofensivo chapéu, distraidamente, eu amarrotava com os cotovelos, mirou-me de alto a baixo, assim a modo de mulher requebrada, que franze a testa desdenhando lá um indivíduo, que, ao passar por ela, atirou-lhe uma gracinha de algibeira.

Era um homúnculo a quem os moços de 25 anos não deviam por dúvida em chamá-lo de avô; trajava-se à pelintra e recendia à almíscar.

— Acredite-me — tornei-lhe, sem dar importância ao desdém —, tão distraído tenho estado, que nem sei a quantas anda a peça.

O homem anão virou-me a cara e pôs-se a cochichar com um outro pelintra que lhe ficava à direita, que calculei andar pela mesma idade.

Cochichou... cochichou...

O outro deitou-me uma olhada irônica, sorriu-se e encolheu os ombros como quem dizia para si: ora... é um pedaço de asno...

Deixei-os e tornei ao problema.

Era num camarote de segunda ordem, e que ficava à minha frente uma mulher.

Aquela mulher já parecia ter concebido todo o meu sentimento. Eu estava apaixonadíssimo por ela.

No entanto, havia duas horas que nos víramos pela primeira vez.

O caso que ela fazia de mim não o tinha eu compreendido ainda.

Eu olhava-a... olhava-a fixamente.

E ela, ora deitava-me um olhar como por acaso, indiferente e ligeiro; ora demoroso e risonho; agora, sorria-se medrosa; agora, entristecia e contemplava-me, e daí a pouco repetia tudo isso para um ou outro lado!

No cenário gorjeavam sabiás da Itália. A plateia dava-lhes os seus estrondosos aplausos, e nem os gorjeios das aves, e nem o rebuliço cansado pelos aplausos despertavam-me do êxtase em que me abstraíam os olhos lânguidos daquela mulher.

Alguém entrou no camarote... sentou-se ao lado dela.

Era um homem...

Seu pai? Não. Ela representa ter 25 a 28 anos de idade, e esse personagem, 30 a 35.

Também não é um irmão, nem um primo; não é, que ambos conversam distraídos ou como aborrecidos um do outro.

Decididamente é seu marido...

Refletia assim quando percebi um movimento geral em todo o teatro.

Estava findo o espetáculo. Apressei-me em sair.

Fui postar-me à porta por onde me pareceu que ela passaria.

Com efeito, passou. Viu-me, sorriu-se triste e tomou o braço de seu marido.

Resolvi-me a segui-la; foi debalde. Estava num *coupé* à sua espera.

Entraram, mulher e marido; o boleeiro sacudiu as rédeas e os animais dispararam.

Quando cuidei em tomar um caro, já era tarde!

— Algum dia! — disse comigo, consolando o coração.

Algum dia! — fui continuando. — É impossível que nunca mais nos encontremos! Algum dia! Talvez amanhã...

Como é bom ter esperanças... mas... se, com efeito, nunca mais nos encontrarmos?... Oh! Dize-me algumas palavras que objetem este pensamento! Dize, meu amigo, dize-me, que eu ainda hei de vê-la, que estarei junto dela, que falaremos de amor... dize a meu amor que não se acovarde com este pensamento, negro como as noites do inferno, nunca mais! Nunca mais! E por quê? Onde fica o inferno, dize-me, onde? Lá mesmo a irei buscar!

Tu o sabes, sou poeta, sou-o de consciência, de inspiração.

Aqui neste crânio labora um quê superior à mediocridade dos positivistas. Neste coração há fibras que não ficam inabaláveis ao sofrimento alheio. Pois bem, tem dó de mim! De mim, que amo como poeta! De mim, que a amo, caprichosa como mostrou-se, com fogo, com desespero, com loucura, com... E tu a rires-te! Oh! Pelo amor de Deus, não te rias!

Escuta, insensato e insensível. Também eu já me ri e ri-me muito, com crueldade, dos amantes como eu apaixonados. Presumia encarar o amor com o desdém de um estoico. Escarnecia dos namorados, chamava-os polichinelos que serviam para divertir as mulheres com os seus trejeitos. Entretanto, vês-me? Sou também um polichinelo, degenerei! Vês como deu-se a metamorfose com tamanha facilidade? O simples volver dos olhos de uma mulher bastou-me para abater-me!

Não te rias, se ainda não sabes o que é o amor... Não te rias, que, como eu, serás algum dia abatido. Quem sabe se amanhã, se daqui a uma hora, ou daqui a um instante ao dobrares aquela esquina?

Tu não a viste, se a visses, e aqueles olhos cheios de desdém, mas desdém que escraviza, que fará ajoelhar ante ele o mais orgulhoso sultão, se a visses... abatido, escravizado como eu, como eu desorient...

— Quem vem lá?

Esta pergunta, arrogante e ameaçadora, feriu-me os ouvidos como o inesperado estampido de uma peça de alto calibre.

Como de um atribulado sono se desperta ao estalar de um raio, despertei daquele meio dormir de sonâmbulo.

Estava a 20 passos de uma guarda, e aproximava-me abstratamente.

Caí em mim, e vi que o vulto que se me afigurava de um amigo caminhando a meu lado, era o de *Sócrates*, que não entendia palavra do que porventura lhe revelei.

Respondi a segunda pergunta da sentinela, e advertido a passar ao largo, tomei novo caminho.

Doía-me a cabeça e pesavam-me as pálpebras.

V

O primeiro amor do autor. Nas asas do seu primeiro amor vai ele ter ao mundo da lua. Diálogo triste, para fazer rir, entre ele, autor — lá em cúria — e um seu amigo — aqui embaixo.

Prova-se que uma lanceta pode servir de escada para os habitantes da lua descerem à terra. Notícias de *Sócrates*.

Sabidas as contas...

No outro dia, vagamente, lembrava-me daqueles acontecimentos. Dominava-me, porém, a plena certeza de ter amado a uma mulher casada e que esse, o meu primeiro amor, tinha tido origem num teatro.

Amélia — chamava-se ela —, depois de fazer-me lutar com os seus mais exigentes caprichos, concedeu-me uma entrevista.

À hora marcada fui ao sítio designado, mas tarde soou para mim essa hora!

Seu marido, por indiscrição do fâmulo que nos servia de correio, soube de tudo, e antes que soasse aquela hora, tudo obstou, levando sua mulher não sei para onde.

Em vão fui, pois, ao sítio da entrevista; lá não encontrei ninguém.

Embalde esperei por ela até o alvorecer da madrugada.

Maldisse de mim, maldisse do amor, maldisse dela e de todos.

Contudo não perdi de todo a esperança. Acreditei que Amélia ainda quisesse experimentar-me.

O amante é como o sentenciado: este, ainda subindo as escadas do patíbulo, não tem perdida a esperança de ser perdoado; aquele ainda desenganado de uma vez que a mulher, o objeto do seu amor, para todo o sempre ocultaram-na dos seus olhos, alenta-se da esperança de ainda vê-la um dia... Alentava-se-me o coração da esperança de tornar a encontrar-me com Amélia, apesar da ideia que tinha de ter lido as seguintes palavras que ela escreveu-me na hora da partida.

"Meu amigo.

Somos muito desgraçados!... Procure-me, que eu não sei para onde vou... Meu marido soube de tudo. O criado cortou o fio dourado de nossa felicidade. Adeus... quem sabe se para sempre!...

A..."

Não sei quantos dias fui subjugado por este tresvario.

Sei que uma manhã despertei na minha cama tendo à minha cabeceira o meu amigo do romance.

Sua presença surpreendeu-me bastante. Eu não conservava a mais pequena ideia do passado!

Contou-me ele que no dia antecedente chegara de sua fazenda, que nesse mesmo dia foi procurar-me e que se conservara à minha cabeceira até aquela hora.

— Achei-te num completo estado de alienação mental — concluiu ele —, e foi este mais ou menos o nosso diálogo antes de caíres no letargo de que felizmente sais agora. — Eugênio — disse-te eu entrando —, já cheguei, dá-me cá um abraço, meu amigo. — Não te moveste. Estavas assentado à beira da cama, e assim te deixaste ficar. — Como estás pálido e magro. E sujo como um meirinho! Meu pobre amigo, o que é isto?

— O amor! — disseste, estremecendo todo e deitando-me um olhar assustador.

— O amor? — repliquei-te. — Ah! O amor! Ainda bem que não te hás de rir mais das dores desse cáustico. Pobre Eugênio – continuei, compreendendo o teu triste estado —, como estás? E quem é essa a quem amas, meu amigo?

— Ela — respondeste com arrebatamento dramático —, ela, que ocultaram de meus olhos! Cometa que descambou no ocaso para nunca mais vê-lo surgir! E sabes o que quer dizer nunca mais? Vai perguntar aos demônios!...

— Eugênio — gritei-te —, Eugênio, o que é que tens? Não te lembras de mim, do teu amigo Ovídio? Não te lembras de ti próprio? Que é das tuas poesias? O que é feito de *Sócrates*?

— *Sócrates*! — respondeste sentimental —, lembro-me, pobre *Sócrates*! Morreu em meus braços um quarto de hora depois de ter tomado a cicuta.

— E de mim lembras-te, do teu amigo Ovídio lá da academia?

— Oh, Ovídio... – murmuraste. — Ah! Ah! Ah! Olhem que foi mesmo um poeta desmoralizado!

— Não te falo do Ovídio poeta — tornei-te —, falo-te de mim, o teu companheiro de estudos. De mim, a quem prometeste escrever um romance, não te lembras? Olha, sou aquele Ovídio que se apaixonou por uma mulher casada, que queria ser heroína de um romance, a Amélia, lembras-te?

— Ah! – bramaste, pondo-te em pé. — Ah! Tu conheces Amélia, conheces o seu marido? Então vieste do fim do mundo? Oh! Mostra-me o caminho por onde vieste! Fala, dize-me que foi ela quem te mandou, deixa ver o que é que trazes para sinal...

E Ovídio rematou, dizendo-me que eu segurei-o por um dos braços e com força descomunal puxei-o para mim como querendo revistar-lhe as algibeiras. E que depois de prolongada luta, caí no letargo, de que acordara graças à sua lanceta!

Como disse, eu não conservava a mais pequena ideia do passado. Estava sangrado e aéreo como se despertasse de um longo sono de seis meses.

Perguntei por *Sócrates*. O infeliz cão, ouvindo a minha voz natural, saiu de debaixo da cama. Mal se podia suster nas pernas. Mas, fazendo da fraqueza força, pulou a meu colo, acariciou-me como de costume. Leve como uma pena, o malfadado estava reduzido a pele e ossos.

Sabidas as contas, eu tresvariei.

Quase louco, se não o estive, o que eu acreditava passar-se comigo, nada menos era do que os pormenores dos amores de Ovídio, e que ele me revelara quando acordei em escrever-lhe o romance.

VI

O autor decide-se a abandonar os livros das ciências. Relata, por alto, alguns pormenores tristes. Vai bater às portas de um editor. Entra em cena o editor, que pega o sono no melhor da conversa. Desperta o homem, faz um discurso sobre o gosto literário do povo e acaba aconselhando o autor a compor sonetos bocagianos.

Enquanto aquele bom amigo parecia sumamente comovido, eu ria-me de mim próprio, afligindo-me somente quando considerava os transes por que teria passado o meu infeliz cão.

Ovídio, condoído da minha situação, ofereceu-me as suas algibeiras com delicadeza e sinceridade. Não fiz a mais leve reflexão de recusa, porque realmente eu já não possuía um só vintém. A generosidade daquele coração ainda foi mais longe. Aconselhou-me que continuasse com os meus estudos às suas expensas.

— Decididamente não, e três vezes não — respondi-lhe —; já não quero ser médico, meu amigo, e de mais, estou inutilizado para as ciências. Passei por uma metamorfose anticientífica. Quero ler Paulo de Kock, quero fumar, compor versos, ensinar mímica a *Sócrates* e não quero mais nada.

Para resolver-me, foram baldados todos os seus arrazoados esforços. Desse dia em diante era eu pôr os pés na rua, via-me cercado de pessoas curiosas, e que eu tinha a desgraça de conhecer, a perguntarem-me, a um tempo, se eu já estava bom, que diabo foi aquilo etc., e antes que lhes respondesse, cada qual por sua vez se referia às minhas faces, e, com desmascarado escárnio, um fato burlesco das minhas loucuras.

Tomei a sério o acontecimento e refleti profundamente sobre mim e o meu futuro. Eu não via nada por onde começasse.

Continuar a frequentar as aulas às expensas de Ovídio, repugnava-me o espírito.

— Viver, viver o homem desde a hora do berço, quem sabe se até o fim da vida, à custa do suor alheio, dizia para mim, lembrando-me de meu amigo, é fazer o mais ridículo papel do mundo... Não quero, não aceito. Não posso estudar, não tenho meios; pois bem, não pode ser. Vou trabalhar. Tenho alguns títulos de habilitação, vou mendigar um emprego público.

Baldada resolução!

A orfandade, a pobreza e algum talento eram títulos nulos aos olhos de tantos homens a quem, inutilmente, fui repetidas vezes implorar um óbolo de generosidade que me desviasse da estrada da miséria, óbolo que eles podiam dar-me com um aceno, se quisessem. Mas eu era como um réprobo que lhe aparecia! Alguns nem sequer dignavam-se a olhar-me.

O meu futuro dependia de uma carta de recomendação, e eu não via ninguém que me desse.

O melindre, que naturalmente a educação planta no coração do homem, opunha-se a que eu lançasse mão daqueles meios de vida, que aí, diariamente, vêm anunciados nas colunas dos — *Precisa-se* — do Jornal do Comércio.

Assim, enteado da fortuna, bastardo entre os homens, na minha pátria, no Brasil, o torrão da fertilidade e riquezas, eu era como um paralítico faminto que a fortuna caprichosa lançasse no meio de um pomar, onde o desgraçado morreria de fome por não poder dar um passo para colher um fruto dos tantos que visse.

Um dia, quando vi a miséria já me acenar de peito, lembrei-me das minhas poesias. Não é presunção; dois volumes em manuscrito que eu possuía, cheios desses romances de meu coração, tinha-os eu em conta de agradáveis.

Fui à casa de um editor.

Depois de um conciso resumo das minhas circunstâncias, ofereci-lhe os livros em troca de uma quantia qualquer, que ele visse conscienciosamente que me indenizava do trabalho.

O homem tinha acabado de jantar. Repimpado em uma cadeira de balanço, fumava placidamente, tirando de quando em quando dentre os dentes o charuto para sorver um gole de café.

— De que gênero são as suas poesias, meu amigo? — perguntou-me ele com familiaridade.

— Lírica — respondi-lhe.

— Tenha a bondade de ler uma delas.

— Veja-as V. S.ª — repliquei, oferecendo-lhe os livros.

— Por favor, meu amigo — instou ele —, leia o senhor. Os autores têm um quezinho para ler os seus escritos, que vale a pena mesmo ouvi-los ler.

Abri a esmo um dos volumes, e li a seguinte:

AI, MARIA!

... Je ne suis plus à toi!
A. CHÊNIER.

Ai, Maria! na várzea de esperança
Desmaiaram as rosas de amores,
E não hão de jamais novas flores
Nessa várzea viçosas brotar!
Mas não chores! As dores são minhas,
As insônias e tédios da vida!
Ai Maria! A ventura perdida
Nunca mais hei de eu vê-la tornar!

Tu verás o jambeiro vestir-se
Novamente de ramas e flores
E em roupagens de ternos amores
Meigas esperanças sorrir-te verás;
Terás tardes de novos crepúsculos,
Outras noites de sonhos mais belos,
E, cativo a teus agrados desvelos,
Outro amante mais felice terás.

E eu serei no abandono esquecido,
Tu serás no bulício, entre galas,
A querida, a formosa das salas,
Entre risos e afetos de amor!
Amanhã, entre as palmas ruidosas,
Entre a orquestra dos hinos e danças,
Hás de, certo, esquecer as lembranças
Que te fazem chorar minha dor.
Amanhã — meus afetos e extremos,

Amanhã — meus amores, meu nome
Esquecidos serão, outro homem
Esquecê-los fará! Amanhã,
Eu serei no abandono esquecido,
Tu serás nos bulícios das salas,
Noiva envolta em cambraias de galas,
Rosa branca sorrindo louçã.

Dormirás sobre leitos dourados
Perfumados do aroma das rosas,
Aos sons ternos de notas saudosas
De outra lira que a minha melhor!
Dormirás... e a teu lado, em vigília,
Teu amante, tremendo em anelos,
Beijará teus castanhos cabelos
Nos delírios da febre de amor!...

E depois.. e depois... quantos beijos!...
Que de anseios! Que arroubos! Que sono!
E eu serei como a flor em abandono
Que a sertana por outra esqueceu!
Ai, não chores! As dores são minhas,
As insônias e tédios da vida!
Ai, não chores, não chores, querida,
Só eu sei o que esta alma perdeu!

Ai, não chores! Se tens de esquecer-me
Amanhã no renovo de amores!
Só minh'alma compreende estas dores,
Estas dores quem sente sou eu!
Para mim — não há flores nas várzeas,
Uma estrela na céu! Ai, não chores!
Para ti — lá vicejam mil flores,
Lá despontam mil astros no céu!

Ao concluir a leitura desta última estrofe, o homem ressonava como um opiófago!

— Não é mazinha — disse ele, despertando com o meu silêncio —, comove mesmo. Mas há de concordar comigo que em tempos de apatia como os nossos, as poesias tristes aborrecem. E, demais, convirá também que essas lamentações amorosas já enfastiam. Ainda mais, o povo, o senhor sabe que nós, os negociantes, só com o povo nos havemos; o povo quer rir-se, dar gargalhadas em horas de descanso, distrair-se, enfim, alegremente, e, portanto, nunca compra livros tristes quando quer ler. O meu amigo parece ter o seu jeito para a coisa, é só mudar de rumo, isto é, em vez de escrever queixas amorosas, escreva aventuras jocosas que façam rir até doer o umbigo, sirva-lhe de modelo este soneto de Bocage.

E com a sem-cerimônia de um libertino, recitou magistralmente um dos mais lindos sonetos do autor da *Pavorosa Ilusão*, rematando o último terceto com uma gargalhada.

— Isto, sim — continuou —, faz rir o homem como um perdido; faça disto e verá a saída e têm os seus versos, apesar de serem vendidos por portas travessas.

Eu estava admirado!

— Vá — continuou ainda —, vá, meu amigo, e volte com cem volumes destes sonetos bocagianos, e sairá daqui com as mãos abanando e os bolsos recheados.

— Então o senhor edita...

— Nem se pergunta — interrompeu-me ele. — Vá e volte como lhe disse, e verá.

Despedi-me do homem, e quando cheguei à casa, estava completamente decidido a compor sonetos ao seu paladar.

CAPÍTULO 16

— Ancoremos aqui — disse Eugênio, fechando o livro. — Agradeço-te a atenção com que escutaste aquele aranzel...

— Então não continuas? — perguntou Paulo.

— Não é preciso — tornou Eugênio —; tenho escrito este livro para divertir-me e a este cão em nossas horas vagas. És o primeiro a quem li aquelas páginas e serás o último. Pelo que ouviste, poderás fazer uma ideia aproximada da vida que tenho levado.

— Deu-me a natureza um pouco de talento — continuou o moço, depois de breve pausa —, mas faltando-me com os meios que o cultivassem, desperdiçou-se. Tive crenças, muitas crenças!... Cri até em almas do outro mundo... e arreneguei de todas as minhas crenças, porque os homens assim o quiseram. Poeta, poeta no coração, meus pensamentos eram cheios de pureza como os credos das donzelinhas... Veio um dia, quase às bordas do abismo, conduzido até lá pela miséria, lancei mão do livro em cujas páginas escrevera aqueles pensamentos ditados pela fé e esperança, pelas mais profundas crenças e mais santas aspirações, e fui oferecê-los a um pai de família a troco de algumas moedas. Ouviste o que se passou entre mim e ele. Rejeitou os livros, porque não estavam escritos ao paladar dos libertinos, e pôs à escolha do poeta — ou abraçar-se com a miséria, ou prostituir-se! A fome subjugou a virtude, prostituiu-se o poeta! Mas, em recompensa, desde a hora da prostituição, nunca mais editor algum rejeitou os seus livros. Agora toma o conselho que te prometi: queres dar saída aos teus quadros? Prostitui os pincéis, como eu prostitui aquela centelha sagrada, que era como a seiva de que se alentava a vida deste crânio.

— Nunca — respondeu Paulo com resolução —, nunca.

— Nunca? — replicou Eugênio. — Pois então abraça-te com a miséria.

— Quem — continuou o jovem pintor —, em caminho para o abismo, conduzido pela miséria, recua prostituído antes de topar as bordas, não maldiga dos homens, não maldiga do mundo porque se prostituiu; não, que é uma ingratidão. Maldiga de si, da sua fraqueza, da sua fraqueza, digo, porque forte é só aquele que mesmo saindo do fundo do abismo, até onde foi conduzido pelo infortúnio, de lá sai forte como dantes e com a virtude intacta pelo mal. Onde está a virtude daquele que não se prostituiu, porque teve a ventura de não lutar com as decepções da vida? Ninguém responderá. Como também não responderá o velho capitão — onde está a coragem do soldado que não viu entre as lides da ação.

"Os homens são cínicos? Deixa-os ser. Puro é aquele que entre os cínicos não se prostitui. Não nasci para cético, e não hão de ser os cínicos, ainda deixando-me passar pelas mais amargas provações da vida, que terão forças bastantes para desquitar me das crenças que se casaram com minha alma no seio de minha mãe.

"Pincéis, que meu velho pai tão cheio de resignação ensinou-me a manejar; que fizeram os seus primeiros exercícios, copiando as expressões de ternura dos olhos de minha mãe; copiando os sorrisos com que minha irmã me afagava e que mais tarde, copiaram aquelas feições risonhas da mulher que tão bem compreendeu todos os sentimentos de minha alma, prostituí-los, e por quê? Por que morrerei à míngua de uma migalha de pão?

"Eugênio, é muito pouco; prefiro morrer de fome.

"Todavia, não te faço uma exploração. Sinceramente, agradeço-te o conselho, como se dele me servisse com vantagem.

"Agora, por minha vez, vou dar-te também um ótimo conselho.

"Consente que te fale francamente.

"Simpatizo contigo. Bastardo entre os homens, lamento-te, porque não tiveste forças e generosidade para relevar-lhes a injusta indiferença com te encararam. Ave branca, desceste do céu, pediste pouso e foste enlamear as tuas asas no charco que te apontaram os homens do pó! Melhor fora que adejasses pelo alto, até que sem forças caísses e fosses morrer além, no cimo da montanha, longe dos homens e do seu pó. Ao menos morrerás com as tuas asas brancas, e com todas as crenças! Mas... talvez ainda seja tempo de lavar as asas que se enlamearam no charco..."

— Falas comigo — interrompeu Eugênio com ironia —, ou com alguma ave? Mas, eu não a vejo...

— Falo contigo — replicou Paulo. — Contigo, homem esquecido do coração. Contigo que não és um cético e sim um cínico. Atende, meu amigo, olha; como do rio Jordão as águas lavam o pecado original, há um outro rio, cujas águas lavam o pó com que o cinismo enxovalha o crânio do poeta. Esse rio chama-se o amor. Toma o meu conselho, Eugênio, ama e te regenerarás.

— Já fui banhar-me nesse rio — respondeu Eugênio, sorrindo-se — e saí das suas águas mais sujo de poeira do que estava.

— Não foste tal — replicou Paulo. — Desse rio, nem sequer ainda pisaste as margens.

— Como te enganas!...

— Não me engano. Ou quererás chamar amor àquela paixão fantástica de que falas num dos capítulos do teu romance?

— Não, três vezes não — tornou Eugênio. — Refiro-me ao amor, tal qual ele é, como eu o compreendi quando fui poeta, como tu o compreendes. Senão, atende-me.

— Fala — respondeu Paulo.

CAPÍTULO 17

— Uma noite — principiou Eugênio —, quando eu já não tinha amigos, e à mercê das circunstâncias ia vagando pelo mundo, despertei no meu áspero enxergão aos gritos de alguém que bradava por socorro. Já então pouco me importava com as lágrimas ou prazeres dos homens; entretanto, levantei-me maquinalmente e fui abrir o postigo a ver de onde partiam aqueles gritos. Uma mulher toda desgrenhada, com desespero, gritava que a socorressem. A desgraçada parecia esforçar-se por ter mil bocas para de um só tempo bradar por socorro.

— Quem socorre, quem socorre a minha filha? — gritava a mulher, apontando para uma casa que em sua frente se incendiava.

Saí, e ao pôr os pés na rua, fui abraçado pela consternada mãe, que dizia, abraçando-me como querendo comover-me:

— Vá o senhor salvá-la pelo amor de Deus! Pelo amor de sua mãe, vá depressa! É minha filha, e ela dorme lá em cima no sótão.

— É impossível! — murmuraram algumas vozes.

Eram os curiosos que se aglomeravam.

— Impossível! — repetiu a desgraçada. — Oh! Pelo amor da Virgem Santíssima, não digam que é impossível!

— Daí não sei o que foi feito de mim.

"De manhã acordei no meu leito.

"Doía-me o corpo todo, que em diferentes partes estava queimado.

"À minha cabeceira velavam duas mulheres. Conheci a mais idosa ao primeiro volver dos olhos: era a mulher que a noite passada me dirigira aquelas palavras consternadas, pedindo-me que salvasse a sua filha.

"A outra, que não mostrava ter mais de 17 anos, era uma loura, de olhos azuis, de tez fina e branca.

"Ambas volveram-me seus olhos ao primeiro movimento que fiz acordando."

— Senhor — falou a primeira —, o que pagará tanta generosidade?

— E eu — balbuciou a outra — e eu o que tenho para dar-vos em paga da vida que me restituístes?

— Minhas senhoras — respondi-lhes —, eu não sei do que se trata.

— É verdade — tornou a primeira —, assim deve ser. Quando — continuou ela dirigindo-se à loura —, eu ia a morrer de desespero ao responderem-me todos a quem implorava que te salvassem, que era impossível, ouvi gritarem todos a um tempo: Está doido! Está doido! Olhei... ai! Que horror, filha! Este generoso senhor parecia um homem de fogo nadando por entre as chamas... Depois... ninguém o viu mais; dir-se-ia que as chamas o tinham devorado! Daí a um instante, um estrondo horrível se fez ouvir. O sótão tinha caído, sacudido pelas labaredas.

— Mortos! — bradaram todos.

— Minha filha! — chamei-te com todo o desespero a que pode chegar a dor de uma mãe extremosa, e que num instante perde toda a esperança de tornar a ver a sua querida e única filha. Neste alarido de desespero, uma voz como a voz do anjo bom que consola os desgraçados nas suas agonias disse por sua vez: — Salva! Está salva! — Era este mesmo senhor que à beira do telhado do vizinho aparecia, sustentando-te em seus braços, desmaiada.

— Salvos! — clamaram admirados os circunstantes.

— Salva — clamei eu, que não sei dizer que prazer foi aquele que senti, cuidando em tornar a abraçar a filha que para sempre julguei perdida.

"Graças a Deus, estavas salva, minha filha. — Recebi-te em meus braços como o melhor tesouro. Foi nesse momento que vi desmaiar o teu benfeitor..."

— Enfim — continuou Eugênio interrompendo-se e mudando de tom — aquela mulher disse ainda muita coisa, enchendo-me os ouvidos das mais lisonjeiras palavras. Foi o melhor do caso, que no fim de uma semana a filha enchia o vácuo do coração desse sentimento que apelidam amor. Pela fidelidade de *Sócrates*, amei-a! Sim, amei-a! — repetiu ele com força. — Amei-a, como é capaz de amar o cético que renega a descrença para crer no amor.

— E ela? — perguntou Paulo.

— Ela? — replicou Eugênio. — Amou-me também... — E continuou com ironia: — Lembrando-se, porém, um dia que eu não tinha meios para fazê-la feliz, teve medo da desgraça, saiu de casa e foi refugiar-se na alcova da felicidade, entre os braços de um libertino de bigodes retorcidos e cabeleira frisada... a mãe morreu de desgosto; eu continuei a viver para rir-me e ela para *vender-se.*

— Ainda não te dou razão — tornou-lhe Paulo —, com esse contrapeso das decepções de tua vida. Porque uma frágil mulher tornou-se filha ingrata e traidora amante, seduzida pelas mentidas promessas de um libertino, não sei que forte razão tenha o amante traído para descrer do amor. Acredito que amasses com o teu primeiro amor; mas esse amor ainda pode renascer porque não morreu farto de vida, adormeceram-no apenas, quando começava a viver. Quando encontrares a mulher que nasceu para compreender-te, ele despertará, e com ele todas as crenças adormecidas que tens no coração.

Aqueles dois amigos, um cético, o outro cheio de crenças e ambos bastardos da fortuna, levaram mais longe as suas arguições sem que, afinal, nem um nem outro se desse por vencido.

CAPÍTULO 18

Até aquele dia Paulo dissimulara a sua mãe e ao comendador, nas cartas que lhes escrevia, não só as privações com que lutava, como também o desânimo de que estava possuído com o olhar de pouco apreço com que os protetores das artes o encaravam.

A mãe acreditava firmemente em tudo o que lhe mandava dizer o filho, bem como o próprio comendador, apesar de ter os olhos bem abertos a respeito das coisas aqui da corte.

Aquela respondia às cartas de seu filho, pedindo-lhe que se aviasse quanto antes, porque ela já não podia com as saudades. O comendador, da sua parte, respondia às cartas de seu futuro genro animando-o a atravessar as dificuldades que porventura se antepusessem às suas aspirações, rematando, sempre, com os reiterados protestos de sua estima e do amor de sua filha.

Emília também correspondia-se com o seu noivo, e suas cartas eram verdadeiros idílios do mais ardente e saudoso amor.

Naquele dia, à tarde, o malfadado artista recebeu as duas seguintes cartas, a primeira do comendador e a outra de sua mãe.

"Sr. Paulo.

Esta é escrita às pressas: não podendo ser longa, como pede o caso, julguei conveniente resumi-la o mais que me fosse possível. Sou forçado a primeira vez na minha vida, a quebrar a minha palavra o que deve ser relevado, porque o faço por amor de minha filha, que não tem ninguém por si neste mundo, a não ser eu, a quem muito pouco tempo resta para demorar-se nele até que o senhor, em cuja boa vontade acreditei sempre, esteja em circunstâncias de fazê-la feliz.

Sou forçado, portanto, a romper o nosso compromisso, ainda em tempo, quando se oferece à minha filha um esposo, que não excede o sr. Paulo nos dotes do coração, mas que, infelizmente, o excede nos bens da fortuna.

Dispense-me de longas desculpas; faço uma grande ideia do seu juízo e presumo que será um dos primeiros a dar-me razão, considerando que sou pai e como tal responsável ante Deus e os homens pelo futuro de minha filha. Reconheço e aprecio todos os seus merecimentos; desgraçadamente, porém, o talento no nosso país não é base para futuro certo.

Inclusa, remeto-lhe essa letra no valor de quinhentos mil-réis, sacada contra a casa do sr. Souto, muito conhecido nessa corte. São aqueles quinhentos mil-réis que deixou em meu poder para as precisões de sua mãe, que não chegou a precisar deles. Quis passá-los para as suas mãos, porém ela os rejeitou.

Creia na estima do seu

Admirador

B..."

***

"Querido filho,

Faço esta, filho, com o coração nas mãos, pensando no desgosto que terás com a notícia que te vou dar. Peço-te que deites o coração a larga, lembrando-te que no mundo não faltam mulheres. É a notícia, filho, que veio-me dizer há dias atrás, e quando menos o cuidava eu, o pai da menina Emília, que ia se mudar ele para a cidade, porque a filha ia casar-se com o filho de um fazendeiro muito rico, visto que ele, pai, tinha considerado melhor e viu que não tinhas grande futuro para fazeres a felicidade de sua filha. Mil cães danados mordam o desavergonhado que não reparou que retalhava o coração de tua mãe com aquelas palavras indignas de gente que tem vergonha.

E o noivo da cuja é um fulano Oliveira que não sei que casta de gente é e nem de onde veio. É o que sei, que esse anticristo tomou conhecimento com o doutor logo depois que daqui saíste e que de então foram a menina e seu pai pouco a pouco retirando-se da nossa amizade, o que me fez muitas vezes dizer à tua irmã que o coração me adivinhava alguma coisa triste.

Meu dito, meu feito. Apesar de todos os pesares, não vejo, filho, que percas grande coisa com o desamor de uma requebradinha da laia da mina Emília. Olha, não se te acabe o mundo por isso. A mim me disse a Henriqueta, que a última vez que trocou palavras com a descarada, dissera-lhe a tal que muito lhe custaria acostumar-se a viver ao pé de um homem que andasse sempre recendendo a óleo. Quem puxa aos seus, não degenera, filho; tão boa é a filha como o demo do pai. Ele aqui abriu a carteira com ares de ricaço, tirou umas notas e mas quis meter nas mãos, dizendo ser um dinheiro que te pertencia, porque lhe tinhas dado a guardar.

Fechei as mãos e disse-lhe que não tinha nada com o teu dinheiro, e que te remetesse ele. Não te sei dizer, filho, a gana que tive de atirar-me com unhas e dentes às goelas de semelhante satanás, que em vida mesmo já deve ter a alma nas profundezas dos infernos. Vem, filho, para a tua casa, e deixa estar, que ainda hei de ver-te casado com uma rapariga digna de ti.

Tua mãe do coração,

Inês."

Quem, certo do amor que transborda o coração do artista o prevenido do conteúdo daquelas cartas, estivesse de parte observando-o no momento em que as acabava de ler, admirar-se-ia de vê-lo ler e depois dobrar tranquilamente aqueles papéis, a quem não é mal cabido o nome de sentenças de morte. Havia apenas a notar que Paulo estava trêmulo e bastante pálido. Um riso sardônico, ou antes, uma contorção nervosa moveu-lhe os lábios ao abrir a terceira carta que viera inclusa com a de sua mãe.

Eram frases de exprobrações que lhe escrevera sua irmã contra aquele que, com o seu próprio punho, participava a falta do cumprimento de sua palavra.

Henriqueta, depois de mil exprobrações lançadas contra o comendador, dizia em sua carta que tinha ouvido dizer que Emília casava-se no dia de seus anos, justamente três dias depois dessa hora que desfolhava todas as rosas de esperanças, o amor trotara no coração do artista.

— Solo! — murmurou Paulo metendo nos bolsos as três cartas.

— Solo! — exclamou o outro quando viu que a felicidade não estava nas riquezas.

— Eugênio! Eugênio! — exclamo por minha vez, agora que vejo que também não está nas crenças.

E, soltando uma gargalhada estridente, pôs o chapéu na cabeça e desceu as escadas das suas águas-furtadas, cantarolando em meia voz:

> Quem pensa recua,
> Eu quero avançar;
> Adeus, pensamento,
> Não quero pensar;

redondilha que ouvira muitas vezes recitar Eugênio.

CAPÍTULO 19

Para evitar minuciosidades, deixemos em branco todas as circunstâncias que porventura se seguiram nos dois dias que se seguiram àquela hora, certamente a mais ingrata da vida do malfadado artista.

Emília fazia anos a oito de maio e casava-se nesse dia, segundo o que Henriqueta mandara dizer a Paulo.

Nesse dia, pois, o terceiro que se seguiu ao recebimento das inesperadas cartas, às onze e meia horas da noite, sentado junto a uma pequena mesa de pinho, Paulo parecia refletir profundamente sobre alguma coisa sinistra que escrevera porque, firmando os cotovelos sobre a mesa e apertando a cabeça entre as mãos, atentava fixamente para o que continha uma carta que tinha diante de si.

Com a testa cheia de rugas, os olhos injetados de sangue e os cabelos como que eriçados, Paulo roubava esse aspecto assustador do enfermo que exausto de forças desperta de um sono todo de febre.

— A vida... — murmurou ele como que acordando das suas reflexões. — E que me importa nesta hora a vida? Mulher formosa e bela sorria-se ternamente e acenava-me de longe... andei... andei... e ela acenando-me sempre... seus olhos fitos nos meus reverberavam no seio de minha alma os doces raios de fogo em que meu amor se aquecia... andei... andei... cada passo que dava era uma moita de roseiras que vicejavam no meu caminho... e a mulher acenando-me sempre! e eu a morrer de anelos por tocar-lhe nas fímbrias dos seus vestidos... cheguei... mas ah! Que antes eu nunca chegasse!... aquela mulher que ao longe eu via tão formosa, aqui a topei, ai a vejo perto de mim... É o esqueleto da ilusão! E eis o que é a vida!... E minha mãe? — continuou ele, mudando de tom. — Sim, e ela, a minha pobre mãe? Há de chorar-me... chorar-me muito, e com ela minha irmã... E tu? — continuou ele, erguendo os olhos e fitando-os num pequeno quadro, que lhe ficava em frente, suspenso à cabeceira de seu leito.

Era aquele retrato de Emília, que o malfadado tirara em delírios de amor, e que trouxera consigo como um talismã precioso.

— E tu? — continuou ele, mudando de posição e dirigindo-se ao retrato —; tu te hás de rir quando chorarem as desgraçadas... hás de rir quando te disserem que foi por ti que as lancei no abandono e desespero... hás de rir com desdém e depois com escárnio... Como me enganei e como tu me enganaste! Astuta! Quem dirá que a esta hora já traíste todos os protestos de amor com que me acalentavas a alma? Quem dirá...

Paulo calou-se, pondo-se em pé com arrebatamento.

Tinha os olhos esbugalhados e imóveis.

— Não! — exclamou ele com frenesi. — Não te há de o coração esta noite palpitar só de amores!... Lá te lembrarás de mim, porque daqui te envio os gemidos de minha alma, e ele transido pelos remorsos despertará do sono de amor para debater-se com o arrependimento...

E, aproximando-se mais do retrato, murmurou baixinho:

— Lembras-te?

Era na hora do crepúsculo da tarde. As nuvens de variadas cores compunham no azul do céu uma página de poesia que embevecia a alma.

As flores abriam-se e seus doces perfumes fugiam-lhes dos seios, como ais de vaporosas virgens.

E o ar era tão cheio de aroma como devia ser aquele que respiravam no Éden nossos primeiros pais.

As aves, por entre as ramas da mangueira, cantavam essas cópias, que nós não podíamos traduzir, mas docemente nos feriam os ouvidos.

As brisas, as bordas dos riachos misturavam seus brandos cicios com os suaves murmúrios das águas, e esse contraste de harmonia soava terno como os arpejos de duas harpas que se saúdam enternecidas.

Lembras-te?

Era na hora em que os felizes têm muitos risos e os desditosos muitas lágrimas.

Se Malibran te escutasse quando me falavas, Malibran se prostraria a teus pés e te renderia culto. Sorrisses tu para Chatterton como sorriste para mim, e Chatterton recuaria do suicídio, e não morreria no despertar de seus primeiros sonhos!

Tua voz era a harmonia.

Teu sorriso era a vida.

Quem descrera da harmonia ouvindo-te falar?

Quem não vivera, tu lhe sorrindo?

Eu te escutei e te ouvi, cri.

Tu me sorriste, vivi.

Cri-te!

A crença é o germe da esperança, a esperança alenta amor.

Que antes eu não te cresse, porque não te amara tanto!

Que antes eu não te ouvisse, porque não te crera nunca!

Envolta em cambraias cor de cisne tu me pareceste um anjo sobre a terra.

E eu cri que a alvura de tuas roupas simbolizava a candura de tua alma.

Fitaste em mim um tão profundo olhar de ternura que eu não pude mais desviar meus olhos dos teus. E me contemplaste com tanto amor, como se foras mãe contemplando a um filho e via definhar-se.

E eu senti um estremecimento dentro em mim, que abalou-me todos os nervos e todas as fibras. Tu acabavas de magnetizar-me.

Lembras-te?

O sino da montanha saudava a hora da Ave-Maria.

A violeta fez recender o seu perfume, puro como um pensamento de donzela de 13 anos.

As aves cantaram.

Os riachos redobraram seus monótonos murmúrios.

As brisas voltejaram em torno das flores.

Flores, aves, riachos e brisas pareciam abençoar o nosso amor!

Lembras-te?

Era na hora do crepúsculo da tarde! Que não te esqueças nunca dessa hora.

— Não, já não podes ouvir! — exclamou ele com voz e medindo com os seus olhos esbugalhados o retrato. — Agora soam-te aos ouvidos palavras mais vibrantes do que as minhas... Geme-te o coração... Sim, geme-te, mas é ao peso do prazer... Não, já não me podes ouvir!...

— Todos falam... — continuou o desgraçado, tendo-se calado por um momento na posição de quem escuta. — Todos falam... e cada palavra de um conviva, cada som da orquestra é um protesto de homenagem que te cai aos pés... Minhas palavras perdem-se no ar antes que te cheguem aos ouvidos... já não me podes ouvir...

Depois, olhando em de redor de si, continuou com voz abafada:

— Vejo-te... vejo-te bem... aqui estás, oh! Como estás bela e formosa!... cada volver dos teus olhos é uma estância de prazer... cada palavra que ele te dirige é uma centelha de amor e te vai ao coração... vão saindo os convivas... a orquestra vai adormecendo... apagam-se as luzes... já estão sós... reina o silêncio... o silêncio, que não lhes deixa dormir os corações... anseiam ambos... aqui e ali pelo soalho da alcova rola uma flor de laranjeira... e ele ali vai pisando sobre as flores... chega-se... murmuram... estremecem...

Paulo bradou com força:

— Desgraçado! Afasta-te dessa mulher, porque ela vai morrer... — Dizendo como um louco, Paulo rasga com fúria a carta que estava aberta sobre a mesa. — Não – continuou, apontando para o retrato uma pistola, que naquele momento tirara de debaixo do travesseiro de seu leito. — Não, não morrerei eu... morre tu... morre, que não faz falta ao mundo uma mulher fementida... amanhã por uma outra mulher palpitará o coração de teu amante... ele se há de esquecer de ti, como tu me esqueceste hoje... e minha mãe, a orfãzinha, não se há de esquecer nunca de seu filho, porque o mundo não lhe dará outro... morre tu... Ouves? Meia-noite... ajoelha-te desgraçada... reza o teu credo, que não ouvirás mais neste mundo o último som daquele relógio...

Um momento, e o eco do tiro repercutiu por todo o quarto, seguido do estrondo de um corpo que caíra!

Acabava de dar meia-noite.

CAPÍTULO 20

— Valha-me meu Bom Jesus, que ouvi um tiro!

— E eu também...

— Que desgraça foi aquela, sr. Julião!

— Qual, desgraça! Aquilo é borracheira. Vá ver que não passa de algum beberrão que em falta de outra lembrança, lembrou-se de assassinar algum gato. Eu queria ser a polícia, palavra de honra, sra. Escolástica.

— Sra. Escolástica... sra. Escolástica?

— São os inquilinos, sr. Julião, não ouve chamarem-me?

— Parece-me.

— Sra. Escolástica... oh, sra. Escolástica?...

— São eles mesmos... Lá vou, lá vou... O quc aconteceu?

— Uma desgraça...

— Um suicídio nas águas-furtadas...

— Venha depressa, traga testemunhas, mande chamar o delegado e o inspetor de quarteirão... ande, sra. Escolástica.

— E esta!... Que incomodozinho a estas horas, sra. Escolástica... e eu que nem posso levantar-me!...

— Era o que me faltava ver! Cair uma desgraça em casa e ficar o sr. Julião na cama! Levante-se, não seja medroso; rua, sr. Julião, vá chamar o delegado... Esperem, vizinhos, já lá vou, não se mexam dos seus quartos... ainda não se levantou, sr. Julião?

— Oh, homem! Deixe-me refrescar um bocado, que não quero constipar.

— Já lhe disse que se levante, sr. Julião; não seja maricas no meio do perigo, homem de um dardo!

— Já me levanto, já me levanto, não se amofine. Aonde mora o inspetor?

— Não disfarce, homem; olhe que eu perco a paciência.

— Está bom, está bom: quem tem boca vai a Roma... que incomodozinho...

E o sr. Julião tratou de pôr-se ao fresco, enquanto a Escolástica foi gritar à janela, que acordassem os vizinhos e viessem servir de testemunhas da desgraça que lhe caíra em casa.

A sra. Escolástica era a senhoria da casa, e como tal, vivia regaladamente do rendimento dos quartos que alugava.

Aquele sr. Julião, que tão prontamente chamava aos outros de beberrões, era o esposo da senhoria, e, malgrado seu, devia a uma pequena indisposição de estômago ter passado o dia todo, até aquele momento, no seu juízo perfeito.

As vozes que chamavam pela esposa do sr. Julião eram de alguns inquilinos que ainda velavam.

Não tardou muito que não se enchesse a casa de gente.

Foram todos ter as águas-furtadas e cada qual, já informado do acontecimento pela boca da sra. Escolástica, ia fazendo a sua observação, quando a informante, como um general que desse a voz de alto ao esquadrão, fez parar a todos, dizendo altamente:

— É aqui, meus senhores.

De fato, era ali. Estavam todos aglomerados à porta do quarto que Paulo ocupava.

Neste momento o subdelegado, rompendo aos empurrões os grupos dos circunstantes, chama a atenção de todos, observando que vai mandar deitar a porta abaixo.

— Meus senhores e senhoras — clamou um dos circunstantes em seguida à observação do subdelegado —; pedi a palavra para declarar livremente a minha opinião, que é a seguinte: acho justo e não acho justo o *deliberatum* do nosso distinto subdelegado. Justo, porque assim pede o caso, e não justo, porque a lei do país pugna pela liberdade do voto... perdão, senhores, quero dizer pela inviolabilidade dos nossos domicílios. Sim, senhores e senhoras, o que não dirá o estrangeiro...

O orador foi interrompido por um robusto permanente, que o chamou à ordem tocando-lhe levemente no ombro.

— Meu permanente — continuou ele, mais calmo —, obedeço-vos humildemente, já que representais a ordem em pessoa.

E não disse mais palavra que se ouvisse.

O orador era, sem mais nem menos, um capanga de eleições; estava meio tocado e por isso todo eloquente.

Não se fez preciso que o subdelegado infringisse a lei do país, deitando abaixo a porta do domicílio de um cidadão. Com um pequeno impulso, a porta deu de si.

O quarto estava às escuras.

Nenhum, de tantos circunstantes, inclusive o subdelegado, animou-se a entrar adiante.

O permanente, porém, que acabava de provar para quanto prestava, chamando à ordem o intruso orador, aproveita mais o ensejo para continuar a dar provas de si e, desembainhando o seu refe, pede que o alumiem e dá um passo à vanguarda.

“Um fraco rei faz fraca a forte gente”, disse Camões: eu digo por minha vez que anima o povo um bravo permanente.

Na verdade, apenas o destemido sereno da pátria deu o primeiro passo à vanguarda, todos se encheram de valor e foram entrando.

— Está morto — bradou ele, dando com os olhos no artista estendido no soalho.

— Lá está a pistola — disse um curioso, dando com a pistola a quatro passos de distância do corpo.

— Deem-me licença... licença — disse um novo personagem, entrando.

Era Eugênio.

Eugênio pedia licença como quem tinha direito de entrar. Todos se afastaram.

Entrou, aproximou-se do corpo do seu amigo, e depois de um pequeno exame, disse aos circunstantes:

— Não é nada, meus senhores.

— Pois o homem não está morto? — perguntou o subdelegado.

— Não, senhor — respondeu Eugênio.

— Talvez esteja monado — disse aos ouvidos do subdelegado o sr. Julião.

— Diga ao subdelegado que o prenda para da outra vez não incomodar tanta gente.

Isto disse aos ouvidos do sr. Julião um seu conhecido, que nessa noite por exceção de regra, não tinha ido hospedar-se no xadrez da polícia.

— Foi um acesso de delírio nervoso — tornou Eugênio aos circunstantes —; conheço este moço; tem sofrido algumas contrariedades na sua vida e disso parte a alteração de seu espírito. Vossas senhorias podem retirar-se, ele fica a meu cuidado.

— E o senhor quem é? — perguntou o subdelegado, querendo por sua vez mostrar para quanto prestava, quando já todos o consideravam sem préstimo algum.

— Sou um valdevinos — respondeu Eugênio.

A resposta foi dada com um certo tom que deixou em dúvida ao subdelegado e aos circunstantes se Eugênio era ou não alguma importante autoridade encoberta. Mas a sra. Escolástica, que havia muito o conhecia, tomou à sua conta satisfazer a todos, improvisando um longo discurso a favor de Eugênio.

Retiraram-se os circunstantes, fazendo cada um a sua observação, e comentando o fato lá a seu modo. Um dia depois, cada jornal também o noticiava diversamente.

CAPÍTULO 21

Só pela madrugada foi que Paulo tornou a si.

— Onde estou, de onde vim eu? — perguntou ele.

— Estás no teu quarto — respondeu Eugênio, que velava à sua cabeceira.

Paulo fez um esforço para sentar-se. Ajudado por Eugênio, sentou-se à beira do leito, desfigurado como um cadáver.

— Sabes — disse ele, apertando com força a mão de seu amigo —, quando ela morreu, eu senti suas mãos frias apertarem as minhas, e ouvi dizer-me nos ouvidos "adeus para sempre!"

E o infeliz tornou a desfalecer.

Pela manhã acordou no seu estado normal, ficando surpreendido ao dar com Eugênio adormecido, sentado numa cadeira.

— Eugênio! Eugênio? — chamou Paulo. Eugênio abriu os olhos. — Por que estás aí, Eugênio?

— Eu sei homem — respondeu Eugênio espreguiçando-se. — Fizeste de noite uma revolução dos diabos, e se não fossem as boas maneiras da sra. Escolástica, acordavas agora lá pela polícia.

— Mas — tornou Paulo: — Que diabo fiz eu?

— Não sei o princípio — respondeu Eugênio levantando-se. — Sei que à uma hora da noite, recolhendo-me à casa, vi um ajuntamento aí na porta; perguntei o que era; responderam-me que tinha se suicidado aqui em cima um inquilino da casa. Subi e vim dar contigo estendido no meio do quarto...

— Sim... sim... — atalhou Paulo. — Tentei suicidar-me.

— E por quê? — perguntou Eugênio.

— Quase sem razão — respondeu Paulo. — Olha, tira umas cartas que ali devem estar nos bolsos da minha sobrecasaca e lê, mas não me digas a respeito dos seus conteúdos uma só palavra.

Eugênio remexeu os bolsos da sobrecasaca digitada, tirou as três cartas e leu para si.

— Aqui tens — disse ele, entregando as cartas a Paulo depois de as ler.

— Ainda serás capaz de dar um passo romântico? — tornou-lhe Paulo.

— Romântico... muito romântico, senhor — respondeu Eugênio. — Sabes — acrescentou ele — que eu tenho queda natural para as emoções românticas?

— Bem — tornou-lhe Paulo —, abre a gaveta daquela mesa, tira todo o dinheiro que lá encontrares, vai à agência e toma três passagens para Pernambuco no vapor que deve sair no dia 11. E vamo-nos embora todos os três, eu, tu e *Sócrates*.

— Mas...

— Tens alguma coisa — replicou Paulo — que te prenda a esta corte?

— Não.

— Pois vamo-nos embora. Dás um passeio e lucrarás com isso. Aqui não tens família; ali encontrarás uma velha mulher que te servirá de mãe, e uma pobre donzela, que te amará como a um irmão.

— Está dito — disse Eugênio com resolução —; acompanho-te. Viva a fortuna com os seus caprichos! Onde é que está o dinheiro?

— Na gaveta daquela mesa.

— Estou completamente resolvido — disse o galhofeiro moço, abrindo a gaveta e tirando o dinheiro que nela se continha.

— Toma as passagens — tornou Paulo —, e com o resto do dinheiro arranja-nos o que vires que podemos precisar.

— Nunca viajei — replicou Eugênio —; mas é o menos; vou pensando pelo caminho. Eu volto já; não te levantes, que vou dizer à sra. Escolástica que te mande o que almoçar.

Eugênio tinha compreendido o estado melindroso de seu amigo, e mais de uma vez passou-lhe pela ideia a lembrança de que Paulo estava em risco de enlouquecer. Foi esta lembrança que fê-lo tão facilmente resolver-se a acompanhá-lo.

No dia 11, enfim, pela manhã embarcaram os dois malfadados e seguiram viagem para Pernambuco.

A bordo, Paulo, de dia para dia, foi-se tornando mais taciturno. Embalde fez Eugênio o que pôde para distraí-lo; o infeliz artista de hora em hora foi parecendo mais e mais abstraído com uma ideia triste, acabando, finalmente, por emudecer de todo.

CAPÍTULO 22

Como um autômato, Paulo serviu de guia a Eugênio, chegando ao porto demandado.

Foi uma cena trágica a que deixo em branco por falta de cores próprias. Não há palavras, nem tintas com que se possa pintar ao vivo o doloroso sofrer do coração de uma extremosa mãe, que desfeita em pranto clama contra o mundo e contra todos, abraçando o filho que lhe saiu dos seios, cheio de vida, e que agora contempla a definhar-se.

Eugênio tratou logo de prevenir a consternada mãe, que não dissesse palavra a respeito dos amores de seu filho.

— Minha mãe!... minha irmã!... — foram as únicas palavras que se ouviram dos lábios de Paulo ao entrar em casa. Daí nunca mais ouviu-se-lhe a voz. Debalde chamava-o sua mãe, sua irmã, ou seu amigo Eugênio: era mudo para todos.

Havia perto de um mês que mãe, irmã e aquele dedicado amigo velavam à cabeceira do infeliz, perdendo de dia a dia a esperança de vê-lo restabelecido, quando uma noite, a desoras, alguém os foi interromper da vigília, batendo fortemente na porta da rua.

Eugênio foi ver quem era.

— Posso falar — perguntou a pessoa que batia — ao sr. Paulo?

— Queira entrar — respondeu Eugênio —, se é seu amigo e quer vê-lo; mas falar-lhe será debalde, porque ele não responde a ninguém.

Era um homem todo vestido de preto, alto, magro e bastante desfigurado. Tinha as barbas crescidas, os olhos fundos e a fronte cheia de rugas.

Henriqueta e a mãe não o conheceram pelo seu semblante; ao ouvirem-lhe, porém, a primeira palavra, aceleradas saíram do quarto do doente, escondendo os rostos entre as mãos.

Tinham-no conhecido pela voz, apesar de rouca e pesada.

Era o comendador.

Paulo jazia na a cama com os olhos abertos e imóveis.

O comendador chegou-se a ele, e antes que lhe dirigisse a primeira palavra, acenou a Eugênio para retirar-se.

— Sr. Paulo — começou ele, ficando só com o doente e sentando-se ao seu lado —, perdão! Perdão, sr. Paulo!... Sou eu o culpado de todos os seus sofrimentos, de todos estes desgostos que entristecem a sua pobre família...! Perdoe-me... perdoe-me, que também tenho tragado todas as fezes da vida!... Ela o amava — continuou ele, tomando as magras mãos do artista. — Ela o amava e vivia toda entregue a esse amor... fui eu... eu próprio quem os malfadou quando viviam ambos à sombra da esperança tão risonha!... Pobres crianças, que podiam ser tão felizes!... Maldito seja eu, que os desgracei!... — Dizendo estas palavras, o comendador soluçava, apertando entre as suas as mãos de Paulo. — Perdão! — tornou ele entre soluços. - Perdão, meu infeliz amigo! Perdão, pelo amor de Emília!

Ao proferir ele o nome de sua filha, Paulo, como um sonâmbulo que desperta, move os olhos, tira com arrebatamento as mãos dentre as mãos do comendador, e só levantando o corpo, senta-se no leito e exclama com força:

— Ela!... Quem proferiu aqui o nome dela? Quem? Quem foi?...

— O seu desnaturado pai! — respondeu o comendador, deixando cair a cabeça sobre o peito, e sem fazer o mais pequeno movimento de espanto com o arrebatamento de Paulo.

— Ah! — bradou Paulo. — Fostes vós?... Quem sois então? De onde vindes? Quem vos contou a minha história?

— Quê — exclamou o comendador, erguendo a cabeça. — Será possível? Não me conhece, sr. Paulo? Olhe-me bem... vê?... Eu sou o malfadado no berço e que o será até a sepultura... o maldito entre todos os pais... eu sou o pai de Emília!...

— Ah! Sois vós! — disse Paulo em meia voz, baixando os olhos. O artista, nesse instante, recobrava todos os seus sentidos. — Em casa de um pobre! — tornou ele, carregando na palavra pobre. — É uma ironia, sr. doutor!

— É justo — murmurou o comendador —; é justo que eu trague mais este sarcasmo... infeliz de mim!

— Infeliz? — repetiu Paulo. — Não sei por quê! Quando um pai faz a felicidade de sua filha, é um dos homens mais felizes do mundo, e o doutor tem feito a felicidade da sua.

— Vejo que ignora tudo — tornou o comendador. — O senhor ignora que eu sou um bastardo entre os felizes.

— Não o compreendo — murmurou Paulo.

— Pois ainda não lhe contaram?

— Nada sei, e nem sei o que se tem passado ao pé de mim desde que aqui cheguei.

— E nem sabe por que visto-me de luto? Por que tenho este rosto desfigurado?

— Não sei.

O comendador prosseguiu com um tom trágico, que não lhe era natural, fixando seus olhos no rosto pálido do artista:

— Era a noite das núpcias de minta filha... estávamos todos contentes... todos felizes... havia festa e alegria; ninguém se lembrava dos tristes. Aqui dançavam uns... ali cantavam outros... e outros iam desfolhando flores pelos salões do festim... Estava o céu estrelado e minha filha à janela, ao lado de seu noivo, falava da felicidade... Depois ouve-se um grito... um grito agudo, que foi traspassando a todos os corações... Atônitos, incertos, todos correm, todos se confundem... O que tinha acontecido? Era ela, minha filha, que ansiava e debatia-se nos braços do seu noivo. Fujam... de mim, bradava a malfadada; ali... ali está ele, que vai matar-me... Depois, fazendo um esforço e fugindo dos braços que a sustinham, pôs-se de pé no meio da casa, murmurando moribundas frases que ninguém entendeu. Ouvem? — bradou a desgraçada um momento depois —; dá meia-noite! E eu não ouvirei mais neste mundo o último som daquele relógio!... — Um momento, e minha filha, soltando um segundo e mais agudo grito, morria em meus braços murmurando: — Paulo! Adeus para sempre! — E acabava de dar meia-noite!

— Sim, morreu! — bramou Paulo. — E sabe quem a matou?

— Deus — respondeu o comendador. — Para meu castigo!

— Fui eu — replicou Paulo com força —, por minha vingança!

E caiu em cheio sobre a cama.

O comendador levantou-se, dando uma gargalhada.

Nesse momento, a mãe de Paulo, Henriqueta e Eugênio, entravam no quarto.

— Acudam-no — disse-lhes o comendador, saindo e soltando outra gargalhada —; acudam-no, o desgraçado está louco!

Paulo tinha morrido.

Louco, de fato, estava o comendador!

87

UM ANO DEPOIS

Eu frequentava o primeiro ano de medicina, quando uma manhã, saindo das aulas, fui topar no saguão da academia muitos rapazes em roda de um pobre homem, que entrava bastante enfermo para o hospital.

Lamentava-se o homem, porque o porteiro se opunha a que ele entrasse para a enfermaria acompanhado do seu cão.

Os rapazes fizeram-lhe ver que o porteiro cumpria com o seu dever. Ele, convencido que era impossível o que queria, fez um movimento para retirar-se, dizendo:

— Antes quero morrer por aí, debaixo de algum alpendre, do que separar-me deste animal.

— Está bom, homem — disse-lhe eu, vendo-o retirar-se —; entre para a enfermaria; eu tomarei conta do seu cão até que o senhor recupere a saúde.

O homem parou e, lançando-me um olhar expressivo, pareceu por alguns instantes sondar-me até o fundo do coração.

— Ele o há de compreender — disse ele, estendendo-me a mão —, trate-o como seu amigo. — E fazendo um sinal ao cão, pôs-se este de pé.

O homem curvou-se, abraçou-o pelo pescoço e com os olhos umedecidos, falou-lhe nos ouvidos, apontando para mim:

— Olha, *Sócrates*; vês este senhor? É dele deste dia em diante que hás de ser amigo, ouvistes? Nós nunca mais nos veremos... adeus para sempre, *Sócrates*!

O cão sacudiu lentamente a cauda, deixou cair as orelhas, lambeu ou antes beijou os pés de seu senhor, e depois foi deitar-se a meus pés, olhando como que entristecido para seu velho amo que sumia-se-lhe dos olhos.

De tantos moços que ali estavam presentes, pela maior parte, e naturalmente, inespertos e levianos, travessos e irrefletidos, não houve um sequer que abrisse a boca para ridicularizar aquela triste cena; pelo contrário, uns me apertavam as mãos, enquanto outros afagavam o irracional. Foi que a cena, realmente, nos tinha comovido a todos.

Dali o cão acompanhou-me, como se nos conhecêssemos de muito tempo.

Deixei passar três dias, e no quarto fui à enfermaria visitar o velho amigo de *Sócrates*. Tinha-se-me afigurado um quê de romântico entre a sua e a vida do cão.

Desejei ouvir a sua história,

Demorei, porém, muito a minha visita e se a demorasse mais uma hora, teria visitado a um cadáver, pois que fui encontrar o homem quase moribundo.

Assentei-me junto à sua cabeceira, dei-me a conhecer e em seguida às primeiras palavras, pedi-lhe que me contasse o que pudesse da sua vida.

— Tendes lido — perguntou-me ele — os romances de George Sand?

— Alguns — respondi-lhe.

— Lestes Aldo o Rimador?

— Mais de uma vez.

— Então lembrai-vos da história do infeliz filho de Meg?

— Quereis ouvi-la? — tomei lhe. — Eu vô-la posso contar palavra por palavra?

— Para quê? Pergunte-vos por isso para poupar-me palavras, que bem perto de mim já vejo a morte. — Depois de ter-se calado por um momento, em que pareceu reunir algumas ideias, prosseguiu:

— Vivi, amei e sofri como Aldo; eis aí está toda a história da minha vida; com uma pequena diferença, e é que ao rimador salvou do suicídio o astrólogo Acroceronius, e a mim esse irracional que entreguei à vossa generosa proteção. Como Aldo, uma hora na minha vida também eu tentei suicidar-me. Já não tenho tempo para revelar-vos as muitas razões que me induziam a dar esse passo, e por isso vou adiante. Imaginai um homem fechado no seu quarto, na posição de desfechar nos ouvidos o tiro de uma pistola. Nesse instante batem com força na porta, o homem distrai-se, perde a posição e abre a porta. Entra um cão. O animal arrola-se aos pés do homem, geme agonizante, e com os olhos moribundos, parece implorar o que quer que seja. O cão está envenenado, vem implorar a vida que lhe querem roubar, ao homem que vai desfazer-se da sua! Antítese das antíteses!

— Toma, covarde, vive — diz o homem, compreendendo o irracional e atirando-lhe um pouco de contraveneno. Vendo-o devorar o antídoto que lhe atirara, enxota-o da sua presença.

Mas o cão deixa-se antes bater do que sair dali. Teima o homem enraivecendo-se e com ele teima humilhando-se o cão.

— Não queres sair? — brada-lhe o homem vencido pela humildade. — Pois bem, aprende a morrer. — E tornando a fechar-se, pôs-se na posição em que estava quando foi interrompido.

Um segundo e desfechou-se a pistola sem que a bala ofendesse um só fio dos cabelos do suicida, e isto porque no momento em que ia dispará-la, o cão dá um pulo sobre ele e desvia-o da morte, fazendo ir disparar-se o instrumento a quatro passos de distância.

O homem lança um olhar feroz sobre o animal e este lambe-lhe os pés!

— Há dez anos — brada o homem, dirigindo-se ao cão, que mais parecia humilhar-se pela lição que lhe dera —, há dez anos que o mundo não precisa de mim! Há dez anos que de mim tem feito o alvo do seu escárnio! O que, pois, pretendo eu mais ao mundo? — E depois de breve pausa, acrescentou afagando-o: — Sim, é justo que eu também escarneça do mundo: obrigado pela lição irracional. Eu juro-te pela alma de minha mãe que o mundo deixou morrer de fome; pela alma de minha irmã, que o mundo prostituiu; juro-te, cão, que desta hora avante pertenço-te, sou teu escravo e só por ti viverei.

— Dessa hora em diante — prosseguiu o doente, com voz sumida —, o homem dedicou-se todo a esse cão. Um dia, porém, veio a desgraça e os separou. O homem precisou de um enxergão onde morresse e a caridade dando-lhe o enxergão, opôs-se a que ele repartisse com o seu cão o leito de morte que lhe davam. Esse homem — disse o doente desfalecendo —, fui... eu... o cão é... *Sócrates.*

Disse e expirou.

Um ano depois das cenas que ficam descritas no capítulo XXII, no silêncio da tarde serena, sentados todos à porta de sua casa, Eugênio, que o infeliz Paulo deixara em seu lugar à sua mãe, e que no sossego da pobreza fora regenerar as crenças nos olhos da irmã do artista, contava com aquele ar triste da saudade que ameniza as recordações, este capítulo truncado da vida do pobre *Sócrates*.

VERMELHO MARINHO

Spirit

BRASILIARIS.COM.BR